좋아하는 것들을
죽여 가면서

좋아하는 것들을
죽여 가면서

임정민 시집

민음의 시

289

민음사

수면 위로 물풀의 자국들이 이어지는 곳이었다.
겉면을 타고 끝없이 미끄러지고 있었다.
그 위를 걷고 있었다.

더위는 끝날 줄 모르고
우리는 어디론가 달아나는 중이었다.

몸 없는 넝마들의 순찰을 피하면서
그저 물풀로
글씨를 쓰고 있었다.

물풀로 쓰자
물풀이 일어나
우리가 물풀 안에 있었다.

2021년 10월
임정민

차 례

발문 l 송승언(시인)

1부

HEENT*

H.

구름.

망칠 수도 있지만.

잔디와 몰입.

이렇게 시작하고 싶어.

나를 달라지게 하는 것.

연설하려는 사람.

그의 일주.

그의 일주가 그의 말대로 받아들여지는 것.

구름.

걸어가는 발. 너의 걸음 타입.

비의 토대라는 말. 비의의 토대로 가지 않는

발.

헬리콥터야 날아가든 말든,

공에 대하여. 불가능한 것. 연설하려는 사람은 연설을

마치는 사람이다.

귀의 내부로

걸어 들어가다 보면.

걸어 나오지 못하면.

비.

너는 말한다. 비의 대부분은 비가 없는 날에.

비의 나머지가 눈과 귀.

온점을 찍는 약속.

E.

죽는 사람들을 기억해.

기억하냐고?

나는 아무것도 떠올리고 싶지 않아.

이미 죽어 있는 것들과

우리의 뺨을 적시는 기억들은

이제 소식이 없어.

너는 말한다.

주초에 다시 만나자.

만날 수만 있다면.

E.

술의 밤을 매듭짓듯.

포타팩 비디오가 있는 한쪽 벽의 선반.

나를 사랑할 수 있게 했던 공원의
공용 화장실 뒤편 풀이 자란 곳.
풀을 자른다.
구름.
풀을 자르고 난 후의 구름.
강당으로 가 보자.
무슨 체육을 하듯이?
무슨 총격전에 휘말린 듯이.
외출의 파급.
멈추지 않는 2층과
1층과 지하 사이의 기술.
화학 작용. 화학 작용.
추리를 끝내는 판결음.
곧 경보가 울릴 것 같은
고요.
타임머신의 발견으로 환희에 찬.
강변의 사람들.
잔을 들고서.
나는 누굴까.

N.

세 번의 빗소리가 인형을 끌어안게 한다.

네 번째의 부엌.

다섯 번째의 식탁.

여섯 번째의 입자.

우리의 격주 간의 만남을 사실 너만큼 좋아해.

엄마 아빠가 오기 전에 티브이를 끄고

잠들어야 할 텐데.

나의 게임.

비밀을 들키지 말아야 하는데.

비밀을 만들지 않을 수 없다.

새로운 목적과의 작별.

전쟁 사진들.

일방적인.

마지막 주황색 자동차와

외딴집들.

고장 낼 수 없는 너의 목가의 삶.

그림을 가리키고 묻는다.

우리의 개입과

창문을 보았을 때마다

느꼈을 날씨의 번역.

흰 꽃.

미니멀리스트 키워드.

그의 일주 끝에 그의 죽음.

위협과 처소.

공중 사회.

비의 토대 끝에 비의 냄새가 있듯.

T.

너는 말한다.

얘 어떡하지?

너는 걷는다.

발.

쌓아 올린 나뭇조각.

탄생되고 분석되는 만화경.

자갈. 바위 더미.

중요한 연결들.

시간 의존적인 문법들.

공이 날아가든 말든.

심폐와.

가로수.

구름.

콤플렉스.

콤플렉스.

* Head, Eyes, Ears, Nose and Throat.

18

사물 시는 작게 말한다

잿빛 밤색 포스터의 무효
포스터는 사람이다
포스터에게는 자유가 있다

나는 그림이다
나의 우뚝 솟은 높은 코
잿빛 밤색 열매는 못 먹는다

하늘을 보니까 신문 배달원들은 공중에 새로 건설된 저
길을 통해서 걸어 다닌다
투명하고 튼튼한 길
포스터는 허가하는 사람이다

공연장이 아주 멀다
버스를 타고 가도 빠른 길이 없다
내가 좋아하는 가수는 만나기 어려운 사람이다

포스터의 환상은 포스터를 가만히 지켜본다
나는 환상을 바라보며 오래 기도해 왔다

잔디 위에 혼자 누워서

우리 마을에 이제 아무도 없어도
투명 통로 재개발되었어도
외롭지 않다 배가 고파도
신문도 오고……
노래는 사물들에게 부탁하고
나는 그림이니까, 얼마나 좋아
포스터를 기다린다
그와 친구가 되겠지

잿빛 밤색 과수원은 이제 쓸모가 없다
나처럼 작은 아이는 이 모든 시간이 충분하다
그러나 나는 더 원한다 조용한 커다란 시간을

나처럼 작은 목소리는 멀리 가지 못한다
나의 작은 목소리는 투명에 반사된다
아무도 없는 이 마을에 오는 첫 번째 포스터는
먼 길을 밤새 외롭게 돌아서 일부러 오고

포스터가 잠들면 어떤 노래들을
사물의 환상은 내게 작게 말한다

조형 시는 골지 위에 쓴다

이미지의 인사가 기습하네
다시는 떠올릴 수 없게

찢어진 무거움
뱀을 덮고 피곤을 털어 낼 수 없다

하얀 눈 속에
흐르는 도시 같은 게 우연히 나타나

끝없이 허공을 주저하면서
쥐불놀이를 하네

뱀은 리프트를 타고
멀리 올라가 버린다

가끔은
할 말은 아주 많은데 할 수가 없고

길게 늘어선 인물들 사이로

목발을 짚고 눈을 감은 채

손을 잡고 걸어가는 쌍둥이
종종 그들은 서로의 침대가 된다

벗어날 수 없는
눈밭을 걸으며 제자리

말도 안 되는 뱀의 속도를
입을 벌리고 쳐다보는 사람들

누군가 조용한 사람을 만나서
서로의 신앙을 처음 물을 때

사랑의 인사는 푹푹 찌른다
혈액을 모조리 쏟아 내 본다

이제 정말 만질 수 없겠구나
조형 같은 게 있어도

뱀이 태양까지 가 버릴 거야
안 보이는 꼭짓점들 절삭하면서

공상과 포위

나는 겸손해져요
소외감을 견디는 악마의 그네들
비 올 것 같고

부서지고 있지만
기예가 아닌
지지대와 통로

사랑의 맹세는
왼팔의 도둑이 되어
빈손을 흔든다

빨리 10시가 되면
놀이터의 아이들을 속이고
돌아와야지

의자와 의자 사이를
건너뛰다
하는 도킹

나는 투시로부터 멀어져요
음악이 쪼개지고
우유는 식고

괴물은 직선의 뒤를 쫓는다
텅 비어 있는 회랑의
차가움

조금은 믿어도 되는
하나뿐인 회랑의 스크린
모양의 디자인

뱉은 침은 흔적도 없네
가짜 같다
사랑은

주황색이 예쁜
물결무늬 말해 줘요

스스로에게

스위치를 내리며
열창하는
어둠과 공상이 있잖아

책을 덮으면
공명의 도화지
만연 속으로

이 건물은
부수고 다시 만들어도 되겠다
좋은 곳이야

타악 소년이 악몽 속에서
두 팔을 높이 들고
벌을 받을 때

초인종이 울린다

우주는 평균대가 아니구나
나는 생각한다

생각의 진전이 그물처럼 말을 건진다
아직도 여기 있니?
우리를 구원하려고

입체 도넛의 이음쇠를 쥐고
회랑이 맞겠지
이 공간은 세 번째 도구야

날 잊지 마
아이들은 늘
유리를 곁에 두고 위험한데

놀이터가 없다
아무리 기하학이 통제해도
하나 둘 셋

해야만 하는 갈망
편안한 숨
바다

모든 길이
이렇게나 간편하게
상영되지만

비 올 것 같은 거
일찍부터 알고 있었고
커튼을 걷은 후

마신다 입속에
마지막 얼음을 털어 넣은 후
기우뚱기우뚱

웃기지 흔들림
두 눈썹만이 고정되어서
나는 여기 스크린의 절반임

전화로 하지
너는 여기 왜 왔어
남은 음악은 이제 같이 듣자

살아 있는 죽음
물결무늬 변질된
혼잣말

강아지야 강아지야
함께 춤을 추니 즐겁지
이제 그만 내려와 들어가

선을 따라서 통로 속으로
개의 집일 수도 있고
아닐 수도 있는 곳으로

손님이 왔으니 이제 너를 완성해라
예전처럼 흰 상자야

뚜껑을 닫으면 그만이다

더 많은 생각들은
종이배 종이배
지옥은 이빨 하나가 빠졌다

의사들은 지각을 하고
달아난 어린 목공들은
편지를 남길까 말까

건조한 실내 식탁 위
초인종이 다시 울리고
여긴 10시 전에 빠져나가면

너는 맹세만을 믿은 채
흰 벽과 흰 상자
공상의 절반에 안녕

너무 작은 소년

괴물의 왼쪽 오른쪽 어깨 위에서
건축을 할 것이다

주황색이 예쁜
시간의 끝
하나 둘 셋

공백의 광선

변신을 끝내기 위해서는 완전히 다른 출구로
먼지의 왕국을 비추는 쏘는 해에게로
큰 거울의 운명이 말하기의 방법을 알려 준다면
손댄 적 없는 작은 입술을 유적으로 만드는 공백의 광선

그림자를 통하면 문의 해답은 스스로 열릴 수 있고
신체들은 양초를 든 꼬마들에게 길을 양보하고 있다
유리로 표현되는 건물의 외벽 등 도시의 여러 장소를
불완전하게 공기로부터 스며들게 하는 것

너는 매번 내게
무슨 커다란 잘못을 한 것처럼
소리치기도 하지만
그래도 우리가 앉은
자리에서
밖을 쳐다보면 있는
조경된 나무들과
건물의 틈이
안식을 준다면

네가 오늘 미용실에 들러
오랜만에 새로 한 머리가

살짝 걱정되어
그 눈빛으로 다른
공백을 응시할 때
그 자리를 원래
차지하고 있던 교수대의
밧줄과 검은 모자를
잊을 수 있었다

이 공간에서 노래하는 것은
아주 많이 팔린
(이제는 전시물일 뿐이지만)
전쟁용 헬리콥터의 투명과
풍경을 방해하는 금빛 심장에서
멀리 벗어나는 기쁨과 비슷해
숯으로 만든 성당은
검은 플라스틱처럼 보이고
반짝이는 살구색 전구
아래 환각하는 향

이것도 감정이야? 혹은
차가운 감정이야?
하고 묻는 질문을 여전히
어리석다고 말하고 웃을
경비대의 표정을
동시에 생각한 거지?
그들의 자화상을 떠올린 거고
그 얼굴에 검은 모자를 그린 거지?
상상으로
너를 예단하는 성애들이
말다툼을 시작한 거지?

제비꽃
개나리
그런 것을 본 적은 없지만
우리를 변신시키는
양철 접시를 가지고 있다면
무슨 일을 저지를지
아직은 모르는

소년들의 굽히는 허리
쥐 탐구
쥐 탐구
가능해

안 했다는 느낌은
하게 만들어
밤의 러시안 블루
고양이의 울음들이
장소를 말해 주어도
알아차릴 수 없는 내일은
마침내 없어지고
너는 이해하지 못할 것이다
아니 가장 부주의해질 것이다

무엇인가 나타나서
성숙한 미지가 사라지는 것과 같게
너의 몇 가지 단면이 채운
부풀어 있는 애드벌룬 세 개가

터질 때도, 침묵 속의 늦은 저녁
가지고 놀았어…… 하고 말할 때의 재밌는 미소
염려와 신비
그러면 불어 주고 싶어
불가하길 다음 순간의 빛이며
유리의 연속성을 지배하는
흰 소들의 횡단이
왜 우리를 지켜봐

나누기와
나누기와 나누기
나누기들의 댄스홀을 공허하게 안아
참을성 있게 징표를 나누는 사람들
주저앉은 후에도
쥐고 있는 시간을 놓지 않는
스스로를 향한 징벌들과
천장의 원뿔 진행이
나를 잠행하게 만들어도
그것이 권능을 준다면 괜찮아

잘 모르는 미래의 손도끼가
나를 다시 바보로 만드는 망각의 화로 속이었다

어리석음의 해결을 과소평가하고
둘이서 하나가 된다는 믿음을
몇 장의 사진으로 가두어
셔츠 포켓에
간직한 조경사가 도착해
그가 즐겨 이용하는 커다란 가위
그리고 자홍색 산호 반지들
대형을 이루는 희극풍의 유물과
은막의 활자
너는 한 쌍의 급수탑과 교감해
무엇이든
어디이든
군중이 대치를 시작하려 한다

아날로그

잠겨 있는 문
네 이름을 말해 줘
날아가는 달

　　　서 있는 곳
　　　선형의 몸
　　　부정된 거리극

　　　　　그래서 말할 수 있겠어?
　　　　　겨우 그 정도로……
　　　　　무엇을 위해?

그런 기억이 좋았다면 미리 말할 수도 있었잖아
우리가 서로 루머가 되어 줄 필요는 없었잖아
무엇을 위해? 나를 비스듬히 비껴가는 손잡이들
휘젓는 손과 환각도 아닌 겨우 한 통의 전화로……

글을 쓸 수 있겠어? 일기장을 타고 너를
섬으로 데려갈 수 있겠어? 무엇을 위해?

이 분수는 언젠가부터 '천사 종이'라고 불려 왔어
물의 정체가 겨우 종이라면 빠져들 수 있겠어?

고통의 번화와
금지된 솜씨로
나빠지는 것

　　밤에서 밤으로
　　벽지에서 표지판으로
　　살아지겠어?

　　　겨우 그 정도로……
　　　아무것도 없다는
　　　정지의 신비로

사랑의 열정 같은 말 그만두고 싶다는 마음조차 안 들어
나 자신의 모습에 대해선 연극조차 출발점이 아니었어
기나긴 줄에선 키스들이 금방 곡선을 이룰 수 있어
잘 다녀와, 말 한마디면 모든 것이 끝나 버리는 물 앞에서

천사 종이 위에다 흑심을 털어 얹을 수 있겠어?

나를 미워하는 사람들과의 말다툼을 나 대신 계속할 수 있겠어?

무엇을 위해? 지난 주말 밤의 기억과 애원하는 이름을 위해

아침이 밝으면 안개 위로 텅 빈 열매를 굴릴 수 있겠어?

춤을 추는
스펠링들과
눈을 감으며

    자연의 서열로
    점화되면서도
    상상할 수 있겠어?

      엉킨 머리칼로
      말할 수 있겠어?
      편지할 수 있어?

나를 종이 위에다 옮겨서 그것으로만 이름을 말해 줘
넘쳐흐르지 않을 거야 아무런 천사도 너를 잡을 수 없어
가만히 모든 불운을 수레 위에 담아 몇 세기가 지나면
금이 간 안경으로는 나를 만날 수 있겠어?

종이가 흐른다, 분수가 메워진다, 이렇게 사소해질 수 있어?
떨리는 마음으로 세계 위를 덮은 시트를 아무렇지 않은
척하며
씻어 낼 수 있어? 모르는 아이에게 사탕 줄 수 있어?
남겨질 수 있어? 겨우 그 정도로…… 처음이라도 끝이
라도

문이 열린다
연극이 시작되는
기나긴 검은 문

발견하는 예술가들
사제나 주교의 약점들

먼발치라도

알아보겠어?
낙서라는 제물과
움직임들

그러나 또다시, 문이 열리고 수많은 사람들이 멀어진다면
우리는 그 속에서도 착안될 수 있겠어? 그러나 또다시,
즉흥적으로, 내가 멀어짐의 단장이 된다면 겨우 파래진
고독한 정신으로 약한 자들을 향해 나아간다면

내가 너를 너무나 좋아하는 이유를 조산원들조차 잊는
다면
　진짜 남겨질 수 있어? 방문객의 시간과 네가 하나 될 수
있겠어?
　무엇을 위해? 겨우 느낌 정도로…… 네가 작가가 된다면
내가 배역을 완성한다면 드디어 말 한마디 못하게 된다면

　천사 종이는

물을 뿜고
물을 멈추고

나는 알 것 같아
겨우 이 정도로?
무엇을 위해?

겨우 맹세 정도로?
휩쓸리는 기차
셔츠들

안아 볼 수 없다면 돌아가야겠어, 라는 다짐을 배반할
수도 있어?
여기서 몸을 떨며 고백하지 않아도 되겠어? 겨우 약속
정도로
분리된 시간에서 초시계의 음계를 다시 들을 수도 있어?
음악을 감상할 수 있어? 그곳에서도 글을 쓸 수 있겠어?

새벽빛이라면 완성보다는 망각과 공포를, 그리고 좋았던

기억을

늦은 저녁 시간이라면 대사와 지문들의 총서를 논쟁할
수 있어?

우리는 다시 대화할 수 있어? 우리는 다시 문을 닫고 아
무도

아무도 없다는 믿음으로 사랑할 수 있어? 처음이라도 겨
우 끝이라도

나는 남겨진 미래와
피상적 순간의
독창성으로

간다
그러나 배역과
계보도 없다

내가 신체를 닫을 때
너는 정말 잊을 수 있겠어?
겨우 한 잔인 시간이 끝나고

벌 신(Bee God)

소설은 악랄하게도 선(線)을 고려하며 죽음으로 인도하고 있어.

이끌리는 나를 대대로 죄의식으로 용서받도록 빌게 하고 있어.

이야기로 격려되고…… 처벌받고 산산조각 내는 걸 넘어서는 벌 신

더 넌지시, 세상 속으로, 수동태로, 일곱 번 내게 입을 맞추는

내가 좋은 사람이 아니란 걸 잘 알아서 그걸 증명하려는 시도조차

한번 해 보지 않았어요. 가호에서도 멀어지고 욕망과 질투에서도……

모르는 단어가 있다면 직접 물어볼 수 있었잖아요. 다만 그렇게

생각했던 거예요. 나를 더 달콤하게, 어렵게 하는 소설 속에서요.

새로운 단계에 올라서 기뻐했던 기억도 많아요. 다만 연

락을 전할

미끄럼틀 같은 게 주변에 없었던 것뿐이죠. 초록 벽지를 잔뜩 붙이고

작은 조명을 켠 다음 증명사진을 찍었는데 그곳엔 내 무릎도 보이죠.

이건 결코 내 이야기가 아니란 걸 밝혀 낼 수는 없을 것 같아요.

나의 결점들은 스스로 아무것도 들키지 않으려 커질 거예요.

몰려들어, 입술을 벌리면 한 무리가 몸에 들어가 난리를 치다가

모든 걸 해결해 버릴 거예요. 쏘고 깨물고 붓게 하고 약하게 만들어서

혼까지 빼놓고 다시 우르르 쏟아져 나갈 거예요. 벌 신

과연 벌들이 각주로 말하는 걸 잊었겠어요? 진짜 그렇게 생각해요?

정오에 부엌의 물건들을 함부로 다뤄 보세요. 다 잊고,

다 잊은 척

　이마를 짚으며 쓰러져 보세요. 쓰러진 척, 그러면 야생의 노란 토끼가

　나의 전말을 모두 고할 거예요. 사건도 아닌데, 나는 흐름도 아닌데.

　계속 아로니아를 먹어 봐, 했던 것도 지금 생각하면 웃음이 나요.

　무엇이 되려고 했던 건 아니었어…… 무엇이 되고자 자태를 시작한 것도

　나는 반작용으로 민소매를 입었던 것도, 최소한의 방관도 아닌데.

　긴장을 놓치지 말았어야 했어. 긴장을, 마침 머릿속에 그려질 때

　연애나 사랑 얘기로 생각해도 좋아요. 그러면 결국 우리는 대화를

　하고 있는 거니까요. 부탁하지 않은 채 신이 온다면, 그럴 때도 그림자를

내어 줄 수 있나요? 머리채를 쥐도록 날아 줄 수 있나
요? 뺨을 주고

시간을 얻거나, 시간을 주고 몸을 얻을 수 있나요? 작은
겁에 휘말려서

천천히 페이지를 넘기다 나의 얼굴을 발견하고 결말을
상상할 수 있나요?

과단하며, 속죄로 나아가는 법을 왜 몰랐을까요. 단지
그런 생각뿐이에요.

왜 몰랐을까? 왜 벌과 신에게 움직이는 나의 몸을 양보
하지 못했을까?

어차피 지금은 평면 속이지만, 물과 열에 있어서만 내가
소중하겠지만

포기하지 않는다면 영면에 들어 두 손목을 위로 보인
채 잠시 눈을 뜰 수도

있을 것 같아요. 무슨 소용이겠어요. 이젠 나의 소설만
이 나의 형식인데.

백장미라고 발음해 보지 못했어요. 뽑은 유치로 재즈를

연주하지도

쏟은 침으로 의미를 흘려보내지도 왕국의 인사로 학교를 이루지도 못했어요.

후회가 남는지 묻는다면 딱히 대답할 방법을 찾지는 못할 거 같아요.

이런 방식 가운데 살아남는 게 있을까요? 움직임이 전제될 수 있을까요?

예지 가운데 욕망의 존재가 모에로 가는 주도면밀한 메타-애도의 시간에서

유키온나의 뒷모습을 가진 벌 신의 형상과 복잡함을, 보고 말하는 경향 속에서

썩어 가더라도 좋은 곳에서, 이러한 마음이라도 나는 용서될 수 있을까요?

부정을 해야만 모든 과장된 기만들에 먹혀 버리지 않는다는 게

슬프고…… 그리고 슬프게도 나는 나아지네요. 인플루언서들은 청설모들 같아요.

나무 위를 오르지 못할 때 나무 아래에서 기어코 취미
를 찾네요.

미래를 지각한다는 행위에는 많은 꽃말들이 우릴 지켜
주기 위해 태어나네요.

살아남는 게 있을까? 기막힌 '자연스러움'의 세계에 성격
탐구의 돋보기를,

친숙한 얼굴들을 마침내 다림질해 보는 것, 에토스가 해
킹되는 것을 지켜봤어요.

인종들이 실크 같은 쓰기를 하네요. 쓰기란 건 때때로
좋은 사람 같네요.

결국 최고는 인도되는 죽음으로 기꺼이 발을 들여놓는
것뿐이에요.

그러나 말했듯 이건 내 이야기가 아니고, 그런 걸 대체
누가 믿어 줄지 모르겠지만

주변에 없었을 뿐이죠. 이렇게 자신의 것도 아닌 우울로
쓰레기통을 뒤집어

넘어뜨려 보는, 소설을 읽는 사람들. 그래요, 조용히 책

을 펼치는 사람들이.

나는 오래된 학교에서 노이즈도 펼쳐 보았어요. 그냥 그런 발음들 있잖아요.

'창경궁 온실'처럼 실내등과 나를 뛰게 하는 트랙을 함께 가진 그런 발음들

빛과 나무들 사이에 서서 움츠린 채 운동장의 윤곽선을 생각해 내는 악랄함과

밤이 꺼지는 것, 현대의 물리 법칙들이 아직 전경에만 멈춰 있는 것이 좋아.

소멸 중인 좋음의 뒤를 조용히 따라 걷는 것도, 멸종하는 것도, 벌 신의 명령

앞에서 고개를 조아려 벨벳으로 만든 신탁을 몸에 두르고 영원히 안전해지는 것도

밤마다 잠이 들고 새로운 단계로 날아가며 여러 사람과 어깨를 부대끼는 것도

켤 줄 모르는 바이올린이 계속 내게 종용되네요. 기대하지 마세요. 아무것도,

단순한 시차증이라면 더 마음에 들었겠죠. 나 아닌 당신들이, 이걸 읽고 있는

바다의 사람들이, 어떻게 말로 할 수 있을까요? 아침에의 저항을 사랑하는 나비를

노란 나비와 파란 나비를, 초록 벽이 빗속의 복도로, 이런저런 시청각으로,

절망으로, 그리고 가망으로 표현되는 것을, 붙잡히면 그려지고 마는 평형의 화자들을

단지, 그런 생각뿐이었어요. 끝내고 싶다. 끝내서, 복잡해져서, 육각 카드의 무늬가

되어서 카드 게임의 가장 약한 조합에 속해 나를 한번 이겨 보고 싶다. 그러니까 나는

이 일대에서는 참을 수가 없었던 거예요. 지각의 우연성이라 불리는 마음이 쏘아 대는

벌 신 같은 아이빔(Eyebeam). "One Damn Thing After Another."는 틀릴 것이다.

당신은 아직도 할 말이 남았나요? 뭔가 멈추려고 하는 의지가 있나요? 그런데요,

우린 때때로 잘 맞았을지도 몰라요. 사교에는 분개하고 가시성을 창시하고, 또

혼자를 선고하고, 사유와 나의 몸이 반비례할 때 무심코 경단을 씹고 있는 것.

푸른 장작을 더 태워 봐요, 푸른 장작을 음차 번역하는 사람처럼. 푸른 불이 타올라.

벌들이 몰려와 지칠 것만 같아요. 그 전엔, 그 전엔 무엇이 무용의 공간과

아름다운 시적인 무능을 허무하게 방치해 뒀던 걸까요? 단지 그런 게

잠깐 그리웠던 거예요. 매력적인 도롱뇽이 된다면 도롱뇽은 혼자가 아닐까요?

기술 복제의 권능은 발포정 같아요. 우리는 불에도 녹고 물에도 녹아요.

무엇보다 나는 밤을 주목했어요. 머물던 숙소의 어떤 방

안에서 창밖을 지켜봤어요.

전등이 켜졌다 꺼졌다 했어요. 여기서 나도 모르게 육체를 움직이는 힘을 정말로

잃어버린다면, 그러면 좋겠어요. 이 방의 적막을 상상조차 하지 못하게

죽음이 두 번까지는 오지 않게, 이 소설을 여러 번 읽지는 못하게, 그저 딱 한 번만

읽어 볼게요. 함께 읽어 주세요. 많은 타인에 관한 이야기니까, 바로 너의 얘기니까

읽었나요? 그러면 들었나요? 그렇다면 이젠 잃었나요? 나는 몰라요. 질투 같은 거

누워서 터치스크린의 스크롤을 무한정 내리다가 이 밤이 최고의 순간이 되는 거

해가 뜨면 괜찮아질 거예요. 많은 시간이 필요할 거예요. 당신은 그리워질 거예요.

이 길, 벌 신들이 양 갈래의 머리처럼 서로 교차되면서 풍경이 흐릿해지는 길

늘 그래 왔던 것처럼 나는 걷고 있어요. 언어로 신으로 새로움에 대하여 더 세속적으로

보존의 환상과 극복, 현실의 무가치가 인도하는 성화(聖化)를 향해 걷고만 있어요.

벌 신들 이제 나를 뒤따라 날아요. 우리는 평등하게 그리고 뻔하게도 서로를 지켜 주네요.

나는 불을 휘두르기 시작했어요. 공중에서 벌들이 타닥 타닥 타오르네요.

느낌이 좋아. 정말 느낌이 괜찮아. 걱정 마. 끝났다고 말해 줄 거지? 다시 시작될 수는

없는 거지? 이젠 떨리지 않지? 너도 기쁘지? 나도 기쁘다. 나쁜 일들이

다시 생겨날 리 없는 거지? 알게 해 줘. 아름답지? 근원적인 것들이 다……

나는 각자의 손바닥 위에서 키워질 미세한 초식 동물들 생각을 했을 뿐이에요.

기어가고 간지럽게 하고 향기를 내지만 손바닥 위를 절

대 벗어나지는 못할 것을요.

　사탕을 쥐여 주세요. 사탕을 쥐여 드릴게요. 들키지 않으면 달콤할 수 있어요.

　이젠 달콤함을 향한 인내만이 기술이 될 거예요. 그리고 불에 타는 느낌이 끝났어.

콕토의 검색

은색 귀고리의 절대자를 잊을 수 없듯이
나는 콕토를 잊지 못하네

강해지면서 피우네 무언가 타들어 가는 것을
무언가 타들어 가면서 강해지는 것을

나는 나의 연인과 같은 동네에 살게 되는 게 좋다
의미가 없어도 좋다 내가 울어 버려서 슬플 때마다

생각과 검색이 똑같아
오고 있는 네게 달려가서 안기는 것

거리에 콕토가 많네
콕토를 본 적 없는 것은 언니를 본 적 없는 것과 똑같아

모두가 나를 필요로 하면서도
연락이 하나도 없는 하루였네

파란 대문에 노란 벽돌집

육면체의 난장판

길을 건너면 맛있는 국숫집이 있고
넝쿨식물들이 귀고리를 백만 개씩 했다

본 적 없는 언니가 새로운 텔레비전을 보내 주었다
오늘은 그것을 거실에 놓고 한참을 구경했다

텔레비전은 콕토의 것이다
생각에 잠기면 콕토가 태어나

생각을 지워 보려고 텔레비전을 틀었다
음악이 바뀌면 떠돌이가 되는데

텔레비전이 바뀌니까 너무 재밌다
세상 재밌다

우리 집에만 있고 싶다
육면체의 난장판 아름답네

그런데 이 텔레비전은 꿈이 되려고 하잖아
강해지고 싶다고 해도 이건 아닌데

설명서를 열어 보았다
콕토, 콕토, 콕토……가 무한대 적혀 있다

나는 다시 거리에 있는 것 같다
새하얀 오토바이가 내게 뺑소니를 하는 섬광 속에

사랑하는 사람을 만나러 가요
함께 피우러 가요

자율의 오도 1

겨자색 트럭이 겨자를 잔뜩 싣고 간다. 겨자가 쏟아져
내리면 트럭이 아니다. 그는 고양이들 버릇은 고쳐 놓았다
고 생각하고 있다. 그의 본질은 그의 생각의 색깔이다. 그
는 도시로부터 출발해서 공사판까지 간다. 공사판을 유유
히 지나친다. 겨자색 트럭은 그를 잔뜩 싣고 간다. 그들은
162x130짜리 성좌를 물색하고 있다. 고양이는 재미를 발견
하는가.

자율의 오도 2

　그가 이발 가운을 걸친 채 앉아 있다. 실크 가운은 예쁘고 청과 은은 정보를 준다. 노인이 가위를 들고 걸어온다. 노인이 너무 느려서 가위가 먼저 그에게 도착한다. 그의 불안보다 가위의 불안이 더 커진다. 구경꾼이 몰려든다면 가위는 목을 맬 수도 있다. 뒤늦게 그의 뒤편에 나타난 노인은 사람이 있는 줄 모르고 다시 천천히 제자리로 돌아간다. 문밖에선 사랑과 조합이 한참 동안 줄을 서 있다.

자율의 오도 3

차변에 뛰어들어 그대로 굳어 버린 노루가 있었다. 노루에게 의심을 던져 주자 노루는 이제 울지 않는다. 노루의 취미는 노루의 초상이다. 거리의 작은 아이는 그림을 그리고 있었다. 아이는 한 마리의 노루를 중복해서 그렸다. 손님들은 그림을 받은 후 돈을 지불했고 노루를 꺼내어 풀어 주었다. 노루는 그들을 잊어 주었다. 거리에서 말도 없이 이 교환이 자꾸 이뤄지고 있었다.

자율의 오도 4

　승마 학교에 처음 가 본 날이었다. 학교에서 처음 이별한 날이었다. 학교는 전부 유리로 되어 있었다. 투명한 말들이 투명한 속도전을 펼쳤다. 교사들이 채찍을 들고 투명을 때렸다. 운동장의 불이 꺼지자 학생들은 점토를 배운다. 완전히 다른 것이 될 때까지. 하교할 시간이 되어도 학생들은 집에 가지를 않았다. 말들에게 혼란이 왔다.

자율의 오도 5

그는 어디선가 눈이 멀어서 호숫가로 왔다. 그는 갑자기 태권도를 했다. 그러자 손과 발이 엉켜서 마침내 자유로워 졌다. 오후가 되자 호숫가에 사람들이 몰려들었다. 사람들은 각자 이 호수와의 추억을 이야기하기 시작했다. 축제로 착각한 사람들이 누군가가 오기를 기다렸다. 사람들이 웅성대고 있을 때 호수는 서서히 축제를 벗어나고 있었다. 그는 호수와 단절되었다.

자율의 오도 6

파국을 앞두고 사람들은 광장의 꼬리에서 모이기로 했다. 서로가 생각하는 꼬리의 위치가 달라서 약속이 멈추어지지 않았다. 광장은 너무 좁았고 한 사람이 들어갈 공간도 없었지만 그들은 꼬리를 향하여 걷고 또 걸었다. 빈 콜라병을 만났다. 전자피아노를 만났다. 모든 것이 표정 없이 합류했다. 왕자를 만났다. 그들은 왕자의 가여운 핑계를 들어 주면서 계속 걸었다.

자율의 오도 7

　그는 여기서 핀을 돕다가 핀과 친해졌다. 핀은 그에게 너무 많은 실화를 얘기해 주었다. 핀은 환기탑이었다. 그는 핀에게 옷을 입혀 주고 싶어졌다. 그 후로 그는 저녁마다 상점가를 방황했고 어느새 그곳의 부랑자가 되었다. 핀은 그를 용서하지 않았다. 핀은 자신이 가진 자폐의 귀를 고장냈다. 어느 날 술에 취한 그가 환기탑에 도착했을 때 핀은 떠난 뒤였다.

자율의 오도 8

나는 물에 빠진 걸까. 사고는 여전히 고전을 탐한다. 물에 빠져서도 직선의 근처에서 활강하는 벌레들을 생각하고 생각의 뱃머리는 무한대 앞을 향해 간다. 물에 빠져서도 나는 해협 일기를 쓴다. 군침이 흐르는 온도 속에서 흑과 백이 식사가 되어서 나올 때 나는 그것을 미루기만 할 뿐 먹지 못한다. 멀리서 보면 먹는 것처럼 보일 수도 있겠다고 생각한다. 물의 지혜는 북소리를 내고 있다.

자율의 오도 9

집으로 돌아온 그는 목을 축이려고 부엌으로 갔다. 식탁 위에는 하얀 접시가 있었고 접시 위에 샌드위치가 놓여 있었다. 샌드위치와 그는 서로를 보며 놀라고 말았다. 샌드위치는 샌드위치가 아닌 무엇으로 바뀌고 있었다. 너는 한 번도 그런 적 없었잖아, 말해도 소용없었다. 며칠 후 샌드위치가 커피색 드레스를 입고 접시 위에서 일어섰을 때 접시는 산산조각이 났다. 그들은 강어귀의 부부가 되어 있었다.

자율의 오도 10

그는 이 댐이 너무 아름답고 환상적인 속임수라고 생각했다. 흑과 적의 콘크리트였다. 그것은 기절과 깨어나기를 반복하고 있었다. 밤이 되자 별자리는 공기 속으로 흩어졌다. 흩어지는 대화가 이어졌다. 그는 지친 몸을 이끌며 걷다가 알 수 없는 어둠에 머리를 부딪쳤다. 그가 댐 속으로 순식간에 빨려 들어갔다. 다시 해가 뜨자 쓰러진 그의 머리가 흙탕물을 쏟아 내고 있었다.

2부

좋아하는 것들을 죽여 가면서

남겨진 것들은 거짓말을 하지.

테니스 라켓을 들고 그것을 앞뒤로 흔들면서도 공이 보이지 않는다고 말하지.

'사건이 많을 필요는 없을 것 같아요.'
'그것은 단 하나면 사건이 폭발하니까요.'
어느 때나 너무 적절한 때에 부러지는 연필심들을 경외해요.
그래서 나는 말해요.
계속 말해요.

도망자 이야기 좋아하세요?
모든 이야기를 도망 이야기라고 할 수는 없지만
어딘가 도망자들이 숨어 있다고 생각하면 끔찍하지 않아요?
그들은 내 머릿속에 집을 지었어요.
그래서 계속 바쁘고 끔찍해요.

코트에 누가 피클을 던졌나요? 말해 보세요.

여기엔 아무도 없는데 목소리가 밤공기 속에서 잔잔히 울려 퍼졌다.

말해 보세요.

그러자 머뭇거리던 그가 드디어 손을 들었다.

그저 피클이 혼자서 흘러내렸을 뿐이에요.

아무도 없는데 그가 눈물을 흘렸다.

조명 아래 객석을 가득 채운 관객들이 소리를 지르고 박수를 쳤다.

그가 꽃을 받았다.

그는 객석을 향해 꽃을 던졌다.

누가 꽃을 던졌나요?

아무도 없는데

말해 보세요, 누가?

'물 잔과 그림자를 구별할 때 당신을 구하러 갈게요.'

나는 책을 덮고 고요히 생각에 잠겼다.

책을 덮는 일이 무엇을 구원할 것인지 이해할 수 없었다.

그저 그런 표류라면 일상이 사건이 될 것인가.

너를 너무 기다릴 때 울리는 전화벨들을 좋아해요.
그래서 슬픔 속에서도
계속 슬퍼요.

강물을 가로지르는 한 쌍의 교각 위에서 각자 허리를 곧
게 펼 때
나는 잠들어 있다.
나는 계속 잠에서 꺼내진다.
방아쇠를 당긴 후에나 생각하기로 한다.
몬순이 일정하다.
나는 말을 잇는다.
밤을 좋아해요? 무슨 일이 계속 일어나고 수기가 쓰이
는 시간을 좋아해요?
코트 밖의 내가 답한다.
"이제 사람들은 잘 보이는데 공이 보이지 않네요……."
지루함 속으로 더 흘러가기로 할 때
나는 머리채를 잡힌다.
나는 달아난다.

모르고 지나친 햄스터의 생일에 사람들은 가끔 후회할 거라고 생각한다.

그들은 자신이 왜 이곳에 서서 비를 맞고 있는지 기억을 더듬을 것이다.

아무런 의심 없이
혼자 사라질 것이다.

공간 속에선 사랑이 순식간에 이루어질 수 있다니 신기하지 않니?
언젠가 내게 이렇게 말한 적 있어요?
어떤 사람이 답한다.
그런 적 없어.
나는 말한다.
이제는 모두가 내게 그렇게 말해요.
어떤 사람이 답한다.
나는 너를 숨겨 준 적 없고 우리의 관련은 우리를 불충

분하게 만들어.

　죽음으로부터 멀어져. 화물열차의 유일한 빈 공간에서부터
　너를 싣고 멀리 가.

　나는 순식간에 화물열차의 빈 공간으로 숨어들었다.
　피클을 옮기는 화물열차였다.
　지독한 단내 때문에
　나는 계속 깨어났다.

　내가 어디를 지나고 있는지 영영 알 수 없을 것이다.

　며칠이 지나자 사각사각 소리가 들렸다.
　나는 소리를 따라 귀를 기울였다.
　사각사각 하는 소리가 이따금 들려왔고
　며칠이 더 지나자
　이곳에 누군가 있다는 믿음이 생겼다.
　그리고 더 긴 시간이 흐른 후 소리가 멈추었을 때
　나는 그 누군가가 나 자신이라는 것을 알아차렸다.

며칠이 또 지나면

모두가 내 머릿속으로 잠입할 것이고

그들은 내가 될 수도 있겠지만……
어둠 속에서

비를 믿을 수 없는데
계속 비가 내리고 있었다.

덜컹거리는 궤도 속에서
나의 어깨는 계속 흔들렸다.
나는 내 어깨의 흔들림으로 균열을 멈추고 싶었다.
"어깨로 말하는 것 따위 무슨 짝에나 쓸모가 있겠니?"
누군가 말을 걸었다.
그것은 나였고, 그것은 나의 재귀였고
사랑하는 나의 연인이었다.
"너는 화물을 싣고 빠르게 달리는 열차 위로 가뿐히 뛰
어오를 수 없어."

"상상해 봐……."

상상해 봐, 이런 말은 내게 말해 봐, 같은 기분을 준다.

어깨가 계속 흔들리는데도

나는 피클을 옮기며 빠르게 달리는 열차의 빈 공간이
아니라

겨우 나의 작은 방

겨울 정원이 없는 나의 작은 균열 속에 있었다.

전화벨이 울린다.

그러나 나는 받지 못한다.

내게 걸려온 것이 아님을 알기 때문이다.

다시 전화벨이 울리면

나는 쳇바퀴 속으로

더 작고 깊은 곳으로 들어갈 것이다.

방울토마토?

하면 방울토마토, 라고 답하던 때처럼요?

그런데 이것은 무엇에 관한 인터뷰인가요?

카메라는 왜 고요하고

왜 당신은 없고

나는 왜 붉은 점을 바라보며 방울토마토, 같은

잊고 싶은 추억을 말해야 하나요?

이런 나의 의문 또한 녹화되고 기록되나요?

이것이 나를 멀리 가게 하나요?

나는 증인인가요?

커다란 소용돌이가 일었다.

사람들이 일제히 쏟아져 나왔다.

그들은 몇 시간 동안 서로 수없이 얽히며 가족을 끊고

새 가족을 이루었다.

새롭게 맺어진 가족들은 손을 잡고

새로운 집으로 들어갔다.

집이 오염되어 있지 않았다.

더 큰 소용돌이가 몰아치려고 할 때

침묵을 끊은 그들은

다시 쏟아져 나올 수 없었다.

그저 너의 사랑이 너를 구원하지 않았을 뿐이야.

멀리 눈에 띄는 지평선에만 색감이 가득했을 뿐이야.

무언가
시간 밖에서
오고 있는 것이
느껴져?

팔을 휘두르는 방향과 공이 날아가는 방향의 다름이
우리에게 혼동을 주는 도치가

임종을 앞둔 전율
내가 문장이라는 곳에 처음 발을 디뎠을 때의 기분을
이제는 말할 수 있을까?
도망자들의 도시
끝없이, 끝없이 달아나다가 뒤를 돌아보면
아무도 우리를 쫓고 있지 않지만
교외의 그 거리에선 한 무리의 소음

누군가를 기다리기라도 하는 듯한
눈부신 좋음들이 나를 거리로, 거리로 밀고 있다고 생각
했지.

너를 위해
나의 사용법을 위해

테이블을 닦는 시간을 좀 더 길게 늘어뜨린다면
그건 고백이야?
아니 그건 표현일 뿐이야.
유전 인자들의 헌신일 뿐이야.
말해 봐, 나는 불을 켰지?
그 다음에는 책을 폈고 책을 덮었고 늘 그래 왔듯이
오래오래 생각에 잠겼고
물을 한 잔 마셨지?
짧은 여행을 다녀와서는 일기를 남겼고
불을 껐지?
이제 남은 건?
이제 내가 유일하게 너를 위해 보여 줄 수 있는 건?

표현의 상냥함은 늘 표현의 파괴를 원하지.

평면을 오해한다는 것
내가 오해되며 거리의 녹색 코트가 되는 것
밟히고…… 구역을 주며
가치로부터 단지…… 일부가 되는 것

만남을 위해선 약속의 장소를 정해야 한다는 게 좀 의
심스럽지 않아요?
계속 무엇을 놓고 돌아오려고
그렇게 무심코 올려 두고 온 사물들과 마음들이
쌓이고 높아지는 거
고집불통의 아이들처럼

나는 후드를 뒤집어쓴 젖은 머리
주운 풀의 끝자락을 만지작거리며 걷고 있다.
춤을 추고 있고
이내 모자를 내리고 나머지 거추장스러운

옷들도 벗어 던져 버렸다.

나는 웃고 있다.

환호가 따른다.

붉은 리듬들과

가을 옷의 따뜻함도 뒤를 따른다.

우리가 이렇게 걸으며 모임은 괴기해지고 있다.

사건을 돌파하려고 했던 최초의 증언은 잊은 채

사건 속을 헤매고 있다.

돌아눕는 이유에 대해서 써 본 적 있다.

빗자루를 든 사람들이 간격을 유지한 채 낙엽을 쓸고 있다.

노를 젓듯이, 낙엽을 으깨고 있다. 나는 알아챌까?

말할 수 없다.

'똑같은 몸짓으로는 매번 달라지는 감정을 설명할 수 없

어요.'

'심장이 터진 후에는 알약을 삼켜도 소용없어요.'

과연 그럴까?

너는 알아챌까?

우리는 서로가 꾸는 꿈 사이 어딘가로 동시에 꺼내질
수 있을까?

이렇게 쥐 보세요. 그렇게, 그렇게

양말을 벗는 게 도움이 될지도 몰라요.

흘러내리며 진득거리는 것을 밟고서

태연하게 침대 위로, 그렇게, 그렇게

태화강 오후

태화강 오후, 안데르센의 전집이 강변을 걸을 때

전집은 모자를 쓴 사람들을 좋아하고 있다. 전집은 그들이 부럽고 밀짚모자가 잘 어울리는 아이의 두상을 가지고 싶어 한다. 태화강의 오후에 열차가 오지 않는다. 대신 빨간 모자를 쓴 한 아이가 절뚝거리며 다가와 이렇게 말한다. "강변을 걷는 김에 당신도 동화를 써 보세요."

'글쎄.'
전집은 계속 걷는다.
전집의 완곡한 거절을 아이는 알아챌 수 없었다.
전집은 아무도 눈치 채지 못하는 사이에 스스로 한 장씩 찢으며 태화강의 물속으로 천천히 자신을 빠뜨리고 있었다.
태화강 오후는 슬픔을 알 것이다.
그렇다면 다른 강들은?

소녀의 미온적 미래와
전집의 희망이 관계를 맺는

태화강 오후였다.

넘어졌니?

그건 아닌데 힘이 없어요.

등에 업힐래?

등이 무지개네요.

전집은 아이를 업고 강변을 걷기 시작한다. 등에 업힌 아이가 말한다. "나의 제안이 실망스러운가요?"
전집은 이미 반쯤 찢어졌기 때문에 그사이 큰따옴표를 모두 잃고 말았다.
'글쎄.'
"나는 당신을 모두 읽어서 괜찮지만 당신은 아직 아무 것도 모르지 않나요?"
태화강 오후
빛이 저물지 않는

책이 아이를 업고 있는데
아이가 책에 얼굴을 묻은 듯
검은 잉크들이 그림자와 섞여 보는
강의 오후

다른 강에서도 이런 일들이 자주 일어나고 있었다.

그러나 유객(遊客)인 둘은 하늘에서 쏟아지기 시작한 미
사일들을 모른다.

밀짚모자를 쓴 채 아이들이 브이를 그렸던 자리들에 남
겨진 운석의 구덩이를

기차가 왜 이제는 오지 않는지를 모른다.

"견신례 직후의 물라토 같겠군요. 겹쳐진 우리는."

"나는요, 좋은 동화를 읽을 때마다 두 손을 모으고 있더

라고요.

 처음부터 알았던 건 아니지만

 어느 순간 그런 나의 행동이 어쩌면 기도일 수 있겠다고
생각했어요.

 그리고 나의 유신론이 무엇을 위한 것인지도 되돌아보
게 되었어요.

 나도 모른 채 나를 시험하는 희망을요."

 "더 많은 걸 보고, 더 많이 읽고, 좋아하는 것을 많이 만
나고 나서

 열한 살이 되자 나중에는 알겠더라고요. 그게 무슨 의미
인지."

 "내가 사랑하고 아끼는 이 존재가 부디

 무사히 사라졌으면 좋겠다는 거였어요."

 "사라짐이라는 변함없음으로, 잘 끝나서, 내가 좋아하는
것들이

 결국 나와 다르지 않다는 것을, 그리고 바로 저것이 나

라는 믿음을

　기꺼이 수긍할 수 있게 해 달라는…… 불가능이었어요.”

　‘글쎄.’

　태화강 오후

　전집은 강변의 중간쯤 아이를 내려 준다.

　다시 혼자인 전집은 계속 강변을 걷다가 거의 모든 페이

지를 잃고서

　검은 잉크로 물든 강물 속에 투명한 몸을 던진다.

　전집은 아이와 멀어지면 아이가 안전해질 거라는

　착각을 하고 만다.

　태화강 오후는 적막하고

　태화강 오후는 남쪽에 있으며

　발을 담근 아이들에게 검은 맨발의 이야기를 선물할 것

이다.

그로부터 몇 년 후

사람들이 모자를 쓰고 태화강을 찾는다.

다른 강에서도 이런 일들이 자주 일어나고 있었다.

그러나 마지막에 우리는
태화강 오후

갈증

엄마는 딸에게 책을 읽어 주기 위해 다가가 앉았다. 작고 건조한 방이었다. 엄마는 어두운 극장에 혼자 앉아 잠에 빠지는 자신을 생각했다.

'나를 보면 뺨이 끓겠지.'

몇 번의 종이 넘기는 소리가 있었다.
"마침내 종마들이 걸음을 멈추었어요."
엄마는 마지막 문장을 읽어 주었다.
딸은 거짓말처럼 눈을 뜨고서
"걸음을 멈추고요?"

엄마는 자신이 모래 바람 같다고 생각했다.
"걸음을 멈추고 딸을 낳았겠지."
"엄마 사랑해요."
"나도."

엄마는 쏟아지는 졸음을 참을 수 없었다. 작은 방은 더 작아졌다. 밝은 불들이 부풀어 오른다면 엄마와 딸의 눈동

자는 방의 열망이 될 것이었다. 딸은 계속 책을 읽어 달라고 졸랐지만 엄마는 이 방에 다른 동화책들이 있는 줄 오늘은 알아채지 못할 거였다. 다섯 살 딸은 같은 책을 다시 들고 왔다.

"새로운 책이에요."
"새로운 책이구나."
"내가 먼저 잠들게요."
아이는 눈을 지그시 감았다.
"꼬리가 잘린 마지막 말의 뒷모습을 끝으로 이제 모든 말들이 울타리를 넘고 떠나서 목장은 텅 비어 버렸고 다시 가을이 돌아왔지만 성곽을 낀 산의 풍경은 그 어느 때보다도 고요했어요."
엄마는 이 책의 첫 문장을 벌써 일곱 번째 읽고 있었다.

'나는 칼 같은 목소리로 말하겠지.'
'모든 이른 시간들이 나를 위해 일하겠지.'
엄마는 머릿속이 복잡했다.

방에 정적이 흘렀다. 딸은 잠에 들지 않은 채 생각했다.

'오늘 밤의 내 방은 그 목장처럼 조용할 거야.'

'꼬리가 잘린 그 말은 사실 마지막 말이 아니야. 그리고 목장에는 여전히 지하도 있고 투명한 침대도 있고 별자리 도 있어. 꼬리가 잘린 말이 떠나면 목장을 지키던 수염 할 아버지가 모든 것을 알고 있었다는 듯이 걸어와. 울타리를 깨부수고 들어와. 그러자……'

엄마는 딸이 잠들었다고 생각했고
목이 말랐다.
딸이 베고 있는 다리가 더웠다.
더움의 이론들이 방을 증식시키는 것을
그들은 이해할 수 없었다.

'3층의 빛나는 식물 가게에서는 도망간 말들을 상표로 한 스티커가 만들어지고 있어. 그것들은 화분에 잘 붙지 않아. 할아버지는 모든 것을 알고 있다는 듯이 문을 열고 들어와. 문에 달린 종이 울려. 저기요, 누구 없나요? 물어 도 아무도 대답을 하지 않아. 직원들은 식물을 자라게 하는 것에만 미쳐 있거든. 할아버지는 이미 커질 대로 커진 화초가 담긴 화분 하나와 이제 갓 싹을 틔운 화분 하나를 검은 봉지에 넣고 가게를 나가. 종이 한 번 더 올리지. 나는 계단을 올라가. 할아버지를 마주쳤지. 나는 보았어. 할아버지의 눈동자 속 울타리와 목장을.'

"엄마, 붉은 원피스는 무슨 뜻이에요?"

딸이 눈을 뜨지도 않은 채 질문했고, 엄마는 딸이 갑자기 깬 것에 놀랐지만 이내 머리를 쓰다듬어 주며 말했다.

"내가 입은 옷이지."

계속 읽어 줄까?

엄마는 졸리지. 술에 취한 채로 집에 돌아오는 길이었지. 딸은 할머니가 잘 돌보고 있다고 생각했지. 엄마는 오늘 하루를 되돌려 생각해 보았지. 너무 좋은 파티였지. 좋은 술이 많았고 이런 느낌은 너무 오랜만이었지. 오랜만에 담배도 빌려 몇 대 태웠지. 처음 보는 사람과 번호도 주고받았지. 다음번에는 영화를 보자고 했지. 내색하지 않았지만 괜히 좋았지. 사람들과 사랑을 했지. 엄마는 너무 어렸고 오늘은 너무 달랐지. 친구들은 계속 속삭였지. 너는 오늘 너무 다르다. 너무 달라서 너무 좋다. 계속 그렇게 다르게 살면 너무 좋을 거 같아. 시끄러운 음악 속에서도 그런 음성들이 지워지지 않았지. 엄마는 기분 좋은 졸음을 느끼고 있었지. 그런데 문득 몇 가지 사실이 떠올랐지. 할머니는 없지. 엄마가 그녀의 딸이었을 때 그녀는 너무 빨리 세상을 떠났지. 엄마는 딸이 걱정되었고 친구들에게 말했지. 나는 갈게. 급한 일. 엄마는 급한 일을 향해서 뛰었지. 등에 대고 친구들이 소리쳤지. 계속 그렇게 살아. 그런 걸 잊을 수는 없지.

집에 돌아오는 길이었지. 많은 사람들이 있었지. 늦은 밤과 어울리는 차들도 많았지. 엄마는 계속 뛰었지. 바람이 많이 불었지. 거의 집 앞까지 도착해서 마음은 더 조급해지고 있었지. 그런데 엄마는 어떤 사람과 부딪히고 말았지. 원망할 시간도 없었지. 인사도 없이 다시 뛰어가려는데 그 사람은 엄마를 붙잡았지. 모르는 노인이었지. 화분이 깨졌어요. 화분이 깨졌는데 도대체 뭘 어쩌라는 건지 알 수 없다고 엄마는 생각했지. 물어 드릴게요, 하고 엄마는 다시 뛰었지. 노인이 말했지. 걱정 마. 그런 걸 들을 수는 없지.

딸은 기어코 비밀을 참을 수 없다는 결심으로 말했다.
"그 이야기는 틀렸어요."
"수염 할아버지는 울타리를 부수고 들어와요. 모든 말들
은 비록 모르는 곳을 향해 영원히 떠나서 어딘가에서 걸음
을 멈추고 결국 목장을 그리워하겠지만 한 마리 소중한 말
의 새끼가 남았어요. 할아버지는 그 말이 어른이 되어 죽
을 때까지 돌봐 줬어요. 끝까지 둘은 함께였어요. 말들과
함께 산의 풍경은 모두 사라졌지만 오래전 새끼였던 그 말
이 드디어 생명을 다하는 어떤 여름에 둘은 함께 죽기로
약속했고, 결국 그렇게 되었어요. 그걸 기념하는 많은 증거
들도 있고요."

"그러자 마침내 그것을 깨달은 다른 종마들이 모두 슬픔
으로 걸음을 멈춘 거구나."

"네, 그러니 우리 그걸 찾으러 가요. 내일은 밖에서 자
요."

"내일은 밖에서 함께 자고 화분을 사 오자."

'외로움과 갈증은 끝이 없지.'

스몰 토크

그는 거리 예술을 하는 사람이라고 자신을 소개했다. 어제는 망고를 그렸다고 했다. 아무도 나를 잡으려 하지 않더라고요, 아무리 망고를 그려도. 나는 테이블에 두 손을 올리고 대답했다. 그래요, 망고를 실패하지 마세요……. 우리는 밖으로 나와 두 블록쯤 걸었을 것이다. 잠시만요, 하고 그는 뛰어가 버렸다. 그가 금세 시야에서 사라지자 나는 스몰 토크를 시작할 수 있었다.

여행은 어땠어요? 라는 말 대신 여행을 보여 주세요, 라는 침착함이 좋을 것이다. 고층 건물의 전광판에서 철자 X들이 겹쳐지고 있었다. 어두운 밤이었는데 X는 빛나는 태양 같았다. 그것은 아직 발견되지 않은 X 같았다. 희망이 사라져도 노력할 수 있다. 나를 거리에 잡아 두지 말아 줘. 면도를 끝낸 그가 도착해도 나는 끝내 그가 하려고 했던 말을 알아낼 수는 없을 것이다.

혼미한 쓰레기통들이 굴러오고 있다. 행인들의 번들거리는 입술들이 굴러오고 있다. 나는 저것을 타고 여름의 침묵을 물을 수 있을까. 애석한 거리 예술의 말로를 떠올릴 수 있을까. 망고를 그릴지라도 나는 망고를 부풀리지 않아요. 당신도 아주 잘할 것 같아요. 나는 두 손을 내리고 대답했다. 그쪽에 더 가까울 것 같은데…… 설탕 좀 주시겠어요? 왜인지 얼굴은 창백해져 가고 나는 스몰 토크를 끝낼 수 없었다.

글로써 걸어오는 최면과 말로써 이루어지는 소원 중엔 무엇이 마음에 드나요? 하는 질문에는 웃음이 났다. 나는 아무 말 할 수 없었지만, 만약 이렇게 말했다면, 우리 더는 노력하지 말아요, 그랬다면, 결말에 관한 무늬와 또 변덕도 이해할 수 있었을 것이다. 내가 데스데모나 같은 단어 대신에 빛의 충실함, 계곡에 빠져 죽을 뻔했던 나의 조카들, 눈물로 엉망인 베니스의 망고 같은 이야길 건넸다면.

나는 강남역 근처 어디쯤 잘 모르는 밤의 벤치에 수많은 사람과 함께 앉아 있었다. 때때로 망고는 거짓이었을 것이다. 그와 나는 마치 서로의 해골을 번역하는 사람들 같았을 것이다. 서로의 부도덕을 실망시키고 싶지 않아서, 소강되는 해골의 의미를 끈질기게 주워 담았을 것이다. 하지

만 우리는 이제 아이러니조차 모르는 집행자들처럼 흩어졌
고 거리에선 과일 장수가 썩은 과일들을 팔고 있다.

밀실

썩은 치즈와 전원생활의
관계가 움직이는 것을 목격했다

나는 시계를 보았다
벽에 걸려 있었다

빛을 가리려고 커튼을 치고
낮잠을 청했다

미군들은 달라스로 가서 춤을 추었다
지하의 달라스

친절한 종업원들
춤을 좋아하며

사거리 앞의 불빛들이 꺼지고
신호들이 미쳐 간다

초점이 사라지는 두 눈에

어둠은 나뉘어 들어가

꿈속에
달라스가 나오지 않았다

나는 얼굴에 반점을 그리며
반점을 망치고 있다

붉은 뺨을 가진 아이일수록
침대 아래 랜턴을 쉽게 찾아내

서랍과 열쇠 곁에 있고
침묵으로 끝나는 식사

달라스의 신호가 보이지 않을 때마다
달라스가 사라질 것이다

여기 오래 누워 있다가
어느 순간 도착해 있을게

모래주머니의 S와 돕는 연인들

나는 이것을 썰고요
나는 이것을 닦고요

A는 이 환상의 저자이구요
A는 환부가 없고요
그래서 도무지 찾을 수 없고요

아이의 구원은 다르면 안 돼요
그리고 아이의 구원과 그밖에 모든 떨림들은 외론 밤에
있고요
모래주머니 딱딱한 시간 위를 천천히 덮고 있어요

날 것의 북해에 화염이 있다
화염은 익숙한 감산의 소녀이고요

우리 집에는 연쇄의 미학이 많고요
연쇄의 반달의 꿀과 손이 많고요

여기와 거기가 흩어져 "율(Yule)"

하고 부르는 이름들이 날아오고요

가스펠 코러스 속의 엄격한 인간들이요
북해로 가고요

착각을 일으키지만 명확하진 않은 지팡이가요
그 지팡이가요…… 너무 나를 돌아보게 해요

이것을 썰고 이것을 닦고 나면 이것을, 이것을
옮기고요, 먹고요, 빼앗아 우리의 뒷면이 되고요

무엇보다 빠른 A가 달려와요
끝장내 버릴 수 없다면

새하얀 공상 속에 소녀가 무사히 착지하고요
연인들은

기억을 마셔요 먼 길을 돌아왔다면서요
그러나 나는 이것을 양손에 들고요

A에게 줘요 내가 썰어 끝내 재가 된 것을요
A에게는 밤이 없어요

A는 일부러 전화하지 않아도요
자주 우리와 눈 맞추러 와서요

많이 울다가 가요 슬프다 슬프다
계속 말해도 슬퍼지지 않는 북해의 위험 속에서요

우리는 연설을 끝내 볼까요
우리는 회색 치마를 들치어 스스로 우스워져 볼까요

아무도 웃지 않을 거예요
우리가 아이라서요 우리가 죽어서요

나는 덮고요, 나는 입고요, 나는 돌아다녀요
나는 고요하고요, 썰고요, 닦고요

죽어서요, 무엇보다 많이 이름을 남길 거예요
내 이름은, 북해의 상징이 되고요

많은 사람들이, 분명히 너무 많은 연인들이
여기에 나를 보러 찾아오고요

합장하고요, 웃고요, 네온이 되고요

루지, 언더 트리

곱슬머리 루지 안녕
이 시간 점차 불이 꺼져 가고 있는 오래된 벽의 주차장
에서부터
11월을 물에 빠뜨리는 내 머릿속의 공명까지 변함없는
루지
안녕

우린 어디로 가야 하나 헤매고 있는데 늙은 루지가 죽
는다면 루지는 어디로 가야 하나

어둠 속에서
루지 필통을 들여다볼 혼자 남은 검은 염소는 어떡해
염소는 이렇게 말하겠지
변화의 가능성은 없는 거야?
달리는 기차처럼?

나무를 심었다.

텐트 안엔 주황 — 노랑 — 보라를 천천히 반복하는 먼지들

사람들이 떠돌다가 돌아오면 한 잔의 두려움과
숲을 채운 반짝이는 눈발에 키스한 우리의 도둑질을
드릴게요
가죽 — 코마 — 태양을 천천히 핥는 고양이처럼
우리가 졸린 눈을 갖고 앉아 있을 땐
숲속의 텐트를 꼭 성공시킬 필요는 없다고 말하는 것
같아
다른 어떤 때와도 다르지 않은 저녁 식사들이 도착하면
진심이라 여길게요

사전 속에 몰래 얼굴을 넣어 두고 떠난 11월의 여행에선
꼭 초콜릿을 사 오던 루지야
이제 정말 이곳은 빛난다.

나무는 더 묘사하지 마시구요
나무는 그냥 가만히 바라보세요
그리고 나무를 아껴 주다가요
이렇게 나무를 덮으세요

어쩌면 루지는 갑자기 발견될 것 같아
숲속의 수많은 색깔들이 계속 수영을 하다가
갑자기 발견되는 검은색 테이블 램프와
세 가지 할로겐 전구들의 빛을 만나서
'안녕 나는 단지 여길 지나가던 중이야.' 말하면
여길 지키던 검은 염소는 너무 좋아서
미지의 놀이 전차를 사랑하기 시작할 것 같아
걔는 시를 쓰기 시작할 것 같아

빙판 위에선 고양이들이 미끄러지고 있다.
한 마리 세 마리 일곱 마리…… 자꾸 소멸하고 있다.
루지를 아끼는 우리의 마음 때문에라도
장소를 불문하고
더는 몸으로의 사랑을 꿈꾸지 마
숲속으로 오지 마
나를 들추지 마

나무를 심으면
나무를 아끼지 마

광대로의 문제의식들이 느리게 움직이고 있다.
우리를 향한 검고 하얀 양날의 검

작은 투옥들을
영원히 숨길 수는 없겠지

내가 루지의 죽음을 원하지 않는다는 것은
올해의 과일들로 심장에 박차를 가하는 마음이지만

깊은 숲 하나의 나무와 그 아래엔
거장의 은들이 있다.

더 많은 종이와 귀신도
이제 사물을 좋아해

미래엔 이 텐트조차 한 감식가의 광기가 돼
어쩌면 루지가 다시 오게 돼
우린 어디로 가야 하나 헤매고 있는데

늙은 루지가 죽는다면 루지는
불에 타야 하나

계속 생각을 해
상징들이 배열되고
숲을 이루고
태어나고
꺼낸 자동차가 숲을 향해
돌진하는 것
텐트를 찢고
들어오는
이 많은 곱슬머리들

interlude

나는 발설되어 수평으로 물러선 날
움츠러든 세계의 작고 고요한 횡문이었다.

망종을 앞두고, 우리가 사랑을 아는 것이
우리를 괴롭게 하는 건 아닐까 생각하며 돌아섰다.

다만 유한한 생활윤리로는 설명이 안 되는
오직 다섯 개의 칼이 멀리 해를 띄웠다.

풍경은 소풍을 나온 듯했다. 더는 복원되지 않으려
깜빡이는 불빛을 선언하며 계속 바닥에 엎드렸다.

나는 은혜가 아니면 도해 속에서 살았다.
기도를 계속하면서도 자신감 없이 문자를 썼다.

그렇게 살면 죄의 느낌은 구슬 속에만 있었다.
의미의 여정은 나무 아래에서만 저항하였다.

큰 내버려 둠은 좋은 반응을 기대하게 하였지만

망각의 양적인 채움만이 주조되고 부서졌다.

그래서 그렇게 의미가 가득한 눈이 계속 내릴 때는
모든 문을 걸어 잠그고 문이 이해되었다.

먼지나 입김, 감지되는 크롤링 그리고 독백의
산책으로 아주 먼 길을 가는 인간의 무늬였다.

이렇게 끝내야만 한다고 말할 수 없었다.
실현하고자 하는 드문 계절과 부정이었다.

막을 수 없는 한 번의 화해를 위한 걷기는
길을 만들기도 했지만 기회를 잘라 내었다.

아직도 몇 가지 사소한 풍습 속에 남아
무릎에 연고를 바르는 종의 온도가 감각되었다.

잊히고 있는 눈이란 이미지의 유기적인 묘사들
여전한 점심의 창문들 그리고 내일이 생겨났다.

이듬해는 착각에 의해 기억되었다. 술에 취해
골목을 한번 지나가 보는 뒷모습은 공간이었다.

잊히게 해 달라는 우리를 대입한 노래가 들리자
동물도 직관을 믿어서 인간을 안아 주었다.

밟았던 풀들이 일어서는 동안의 낯선 현기였다.
취향을 고백하는 동안의 떨리는 귀가였다.

물 없는 해변을 걷는 다리 없는 패턴 팬츠들
건설되지 않는 묵상 앞의 말 없는 눈보라였다.

가장 다정한

비록
바른
화장
검고
많은
혹들
얼굴
모두
그런
은유
만약
슬픈
감춤
잠정
망각
속에
단어
미소
네가

보여
잠시
욕실
붉은
어둠
앞과
뒤와
느낌
너의
인형
위로
점자
가득
채운
불물
물불

asap

이어폰을 빼면서는
누구도 그렇게 말하지 않을 텐데
오려진 문장을 원한다면
잠깐만 죽어 있어 줄래
소파에 앉아서 세수하면서
차가운 이경(異景)이 보이지
우린 느려지는 밤중에 다시 대화해

그런 너의 언어가 흉내는 아닐 테고
반사되는 거울 사이를
시간이라고 생각하는 거?
그럴 리 없겠지만
헤엄이 길어진다
나는 미궁 속의 벌레야
헤엄이 길어진다

빚어 둔 화병에 네가
속삭이는 거 봤어
별들이 모이겠지만

더 많아진 내가 해산하고 난 뒤
복층 구조의 투룸이 심리 치료는 아니겠지만
혼자 있고 싶어?
발목 지뢰를 베껴서 나를 다시 그리고 싶어

길거리를 걷는다
선물했던 책의 내용은 안 읽어서 모르지만
단지 책의 표지가 붉은 장판과 잘 어울린다면
밤은 페달을 잘 돌릴 거고
나는 빈터로 나아갈 거고
부식된 어른들이 자전거 오셀로를 보면서
따라잡으려 할 거야 돼지비계를 사 들고

근사하게도 고장 난 시계탑의 불편함이
이런 선물을 사 오게 만든 거니
너무 고마워 지겹도록 흑연을 닦을게
어린 시절에는 왜 이렇게 푸른 현수막이 많을까
벗겨진 도로 위 페인트는 왜 다시 칠해야 할까
모아 둔 헌법이 왜 지혜를 멈추고 나의 감사가

왜 너의 음악을 끊기게 할까 너무 편안해

얼굴을 향해 방향을 바꾸는 모독으로 체조를 해
그래서 모든 것이 만류를 향하게 해
다섯을 세고 좋아하는 미움을 토하며
어떤 밤 침대에 누워서 '시청률 오르겠다.'고 말할 때
우리는 펜스에 오르고 있다
화가 난 야경을 완공하려는
서점 앞 호수 안개 독수리는 없다

선경

'계속 깎고
끝없이 다듬으면

선경이 될 거라는 말
질리지도 않을까…….'

선경은 눈에 보이지 않는다.

선경은 말했다. 금지된 숲으로 가서 세이렌의 음표 같은
걸 간신히 떠올리며
나는 너무 무지해, 나는 커서 뭐가 될까.

선경은 머리가 길다. 선경은 키가 작고 생일 파티를 사랑
한다.
생일이 지나면 생일이 두 번 세 번 더 있기를 소망하기
도 한다.

선경은 기억하고 있다.
빈자의 미학, 그 몇 가지 단상의 마지막 문장

'이 시대 우리의 건축은 과연 어떠한 것인가.(What is the architecture of our times?)

다시 스스로에게 묻는다.(I ask myself once again.)'*

'그렇다면 이 시대 나의 생일 케이크에 오줌을 갈겨 놓은 이는 과연 어떠한 것인가?

다시 스스로에게 오늘이 여러 번 더 있어야 한다.'

선경이 슬픔에 빠져 있다.

매일 나만을 생각할 수는 없다.

갈고닦고 다듬은 것을 매일 외면할 수도 없다. 과연 이 시대에

참호와 같은 연대기에

선경은 공항을 향해 가는 중이었다. 새로 지어진 공항이라 볼거리가 많을 테지.

공항을 향하는 리무진 버스는 더 새로운 것이었다.

그것은 2층짜리였고

그것은 기계였고

그 속에 사람들이 붐비지도 않았으며
시원한 바람이 쏟아졌다.
버스에서 내려 공항에 도착한 선경이 볼거리에 휩쓸렸다.
선경은 누군가 도착할 것이란 사실을 기어코 잊었다.
새로운 슬픔이 교통이 되어 혼잡했다.
선경은 다시 스스로에게 물을 수 없었다.

당신이 무지할수록 오늘이 계속 음표를 만들고 있음을
잘 이해할 수도 있다.

선경은 왠지 피아노 선생님이 될지도 모르겠구나
원장님은 종종 그런 말을 건네며 선경의 머리를 쓰다듬
어 주었다.
계속하다 보면……
계속 건반을 두들기다 보면

공중을 쏘아 보고 거짓으로 비눗방울을 불다 보면
미움을 좀 더 견디고 다른 학교에 가서 다른 마음을 먹
으면……

선경의 일기에는 아직도 많은 이야기가 담겨 있다.

처음 버스에 탔던 일부터

작약과의 식물에 너무 많은 볕을 주어

그것이 타올라 버릴 뻔했던 아찔한 경험과

동생이 태어났을 때 떠올랐던 수많은 감정 사이에서 묻게 된

단지 '나는 커서 뭐가 될까', 같은 질문들.

붉은 스카프를 매려고 하는 것.

골목을 돌아

그저 골목을 보여 주기 위한

중독적인

최소한의 선경을 보여 봐 선경을 피해 봐 선경을 가리고 선경을 걸어 봐

믿어 봐 걸어 봐 선경을 미분해 봐 선경을 팔아 봐 선경을 비춰 봐 돌아 봐 그것을 내리쬐어 봐 그것으로 선경을

만나 봐 잊어 봐 꺼내 보고 흩뿌려 봐 더 많이 자라 봐 알게 되어 봐 시작해 봐 선경을 넘어서 봐 그저 아무 페이지나 펼치고 꿈에서 깨 봐 선경의 만물을 떨쳐 봐 선경의 축성을 즐겨 봐 그냥 집으로 돌아가 봐 많은 사람들이 모여서 파티를 벌이고 있을 때 잔을 맞추지 말고 잔을 몽땅 깨뜨려 봐 시선을 끌어 봐 수수께끼를 내어 봐 패스워드를 계속 틀려 봐 선경에서 선경까지, 선경을 지어 봐 정신을 어지럽혀 봐

선경끼리 몸을 밀착시켜 봐
선경이 와해되었는데
그 속에서 잘린 사자의 머리통들이 출렁이고 있었다.
비눗방울을 불다 보면……

때는 지금일지도 모른다.
선경이 엄마를 따라 절에 갔을 때
선경의 빌라는 비어 있고
그 빌라의 대문 앞에는 약식의 금빛 중독들
여덟 바퀴쯤 골목을 돌던 고라니가

잠긴 문 앞에서 내장을 벌리고 죽어 있다.
누군가의 트럭이 지나가고 있다.
누군가의 친절들이 끌려오고 있다.
누군가의 창조성으로……
지나가던 백치가 선경을 향해 사랑을 고백했다.
사랑의 론도(Rondo)가 준수되고 있었다.

'너만 음악을 안다고 생각하지 마. 너만이 나를 알도록
허락하지 마.'

백치에게 가장 쉬운 것은 선경과 선정을 구별하는 것이
었다.

둘은 닮았으므로,

가장 가까이에 두고 싶은 왼쪽 볼의 작은 점
그러나 어쩌면 오른쪽
좌우는 그렇게 물결을 이루고 있었다.
흔들리고 넘치며

놀이터의 모래를 한없이 뒤집어쓰며

선경의 빌라는 이제 재건축의 대상일 것이다.
선경은 그 빌라에 살지 않을 것이고
선경의 가족 또한 더 멀리 더 새로운 곳으로
질리도록…… 이동 중일 것이다.
선경을 위해

선경은 '다시 스스로에게 묻는다.'
나의 진학들이 나의 삶을 결핍시키는 것은 아닐까?

나의 음악을 위한 나의 일일 교사들이
우리 집에 함부로 쳐들어오는 것은 결국 나를 망치며
백지의 척도로
그리고 백지의 끓는점으로
추락하게 하는 건 아닐까?

선경은 멈출 수 없었다.

선경이 보이지 않는다.

선경을 지우면 선경이 특정되고
선경을 기억하면 선경이 상충된다.
선경이 사각지대에 놓인다.

러시아워였다.
몰아치는 시간이었다.
미국에서는 다 그래……
미국을 모르지만

오래된 오페라 극장 앞을 서성이는 아라공
선경을 만나려고 와 있다.
선경이 이만큼이나 자란 것이다.
선경이 말했다.
"저런 사람은 다 싫어, 아주 미워 죽겠어."
아라공을 두고 떠나는 선경.
혼잣말.
"질리지도 않을까……."

선경은 공항을 향하고 있다.
잘 모르는 높은 건물들을 가로지르면서

계속 건반을 두드리다 보면
나는 선경에 어울리지 않게 돼.

선경은 누군가 자신을 기다리고 있다는 것을 잊고 말
았다.

이제는 선정이 꾸는 꿈속에서만
단지 이 시대의 선경이
있다.

* 승효상 저, 배형민·최원준 옮김, 『빈자의 미학』(느린걸음, 2016), 87쪽.

공주

공주의 잔불은 공주의 놀이공원
공주의 고목은 공주의 커다란 그림자
나는 이제 공주를 훌훌 털어 냈다
같은 것은 아무것도 아니다

네가 축제를 하니까
나의 삶이 솔직해진다
너는 좌판을 이어서
공주에 닿을 수 있을까
너의 주변 사람들이 널 약간 이상하게 느껴
우아하게 미행해도 좋다

나는 돌아가 올해의 최면 속으로 되돌아가
진짜 의미가 공주의 잔불 속에서 무심하게 활활 타 버리도록

여기선 볼펜 하나를 공중으로 던지면
그것은 네 개쯤으로 보이다가
그것은 솜털처럼 날아가 버린다
세계가 공주의 달콤한 모작인 듯

나는 공주의 달콤함을 즐기고 있다

너의 진짜 삶이 우주 속에 이미 있다는 것
오직 생각을 흔들며
팔을 뻗어
공주에 닿을 수 있을까
빨간 의자를 보았지 새빨간 토마토도 보았고
아무리 밟고 뛰어도
빨간색은 변하지 않고
공주도

우리가 사라진 후 오랜 시간 동안에도
공주는 제자리에 있어
공주의 회색 패닉은 공주의 별자리
왕도가 없는 공주

3부

html ghost

달마시안과
검은 소파
그들은 도통 멈추지 않는다.

이상한 상영회에 왔다.
처음부터 피가 조금씩 흐르고 있었지만
흘린 피가 얼마 만큼인지
누구의 것인지 알 수 없었고
상영회 중간쯤
아이들이 사라지는 것도 모르고 있었다.

발바닥들의 싸움에 연루된 것이었다.
아이들이 한 명씩 도착해서
외투를 걸면서
창문 좀 열자고 말했다.
모두 창문을 향해
화가 난 것처럼
한마디씩 하고는
방을 채우고 있었다.

한 아이가 프로젝터를 들고 뛰어왔다.
너무 무거워서 죽을 것 같아
그렇게 말하고 몇 초 뒤
아이는 프로젝터를 떨어뜨리고 말았다.
기계에 작은 금이 갔고
그 틈으로 상영회가 시작되었다.

우리는 시작과 끝으로만 얘기했다.
사이의 사정을 이해할 필요가 없었다.
화면 속의 복숭아 캔이
정말 예쁘다는 것도
말할 필요는 없었다.
아이들이 너무 조용해서
우리는 상영회를 계속할 수 있었다.

아이들은 서로를 추상적인 친구들로 여기고
가을의 사이클 트랙을 걷고 있으며
방죽의 선의들로 당길 방아쇠를 쥔
추락하는 유령들이며 그저 눈을 또

깜빡거리는 선한 가을 하늘이었다.
상영회에 모인 여러 명의 아이들 중
몇 명은 계속 졸다가 깨기도 했다.

영상이 송출되고 있을 때는
아무도 영상을 만지려 들지 않았다.
등장인물들이 모두 춤을 추고 있었지만
그 속에는 대화도 음악도 없었는데
아이들은 소리 좀 끄자고 말했다.
모두가 그렇게 한마디씩 던지고는
외투를 들고 밖으로 나갔다.

상영회가 계속되었다.
밖에 나간 아이들은 놀이터의 시소를 짚어
튀어 오르며 춤을 따라하고 있었다.
현란한 균형들이 몰락하고 있었다.
달마시안이 짖고 있었는데
줄을 잡고 선 주인은 더 자폐적으로
스크롤을 내렸다.

파수꾼 무리를 본 적은 없었다.
때때로 소식이 들려오긴 했으나
그들의 생김새나 목소리는 하나도 알지 못했다.
딱딱한 검은 구두를 신고
무수한 줄임말들을 외며
여길 떠났다는 사실만 알고 있었다.
복잡한 가을이었다.

구하고 사랑하는 것에 관심이 없는
아이들이 돌아와 거실에 모였다.
외투를 던져 놓고 좁은 틈을 통해
상영회가 계속되고 있는지 보았다.
상영회의 중간쯤이었다.
저 방은 너무 무서워
저 방에서는 양파 냄새가 나
아이들은 방에 들어가지 않았다.

모두 주머니에서 전화기를 꺼냈고

무슨 연락이 왔는지 누가 자기를 여기서
완전히 꺼내 줄 수 있는지 확인하고 있었다.
틀린 직감이 매일 계속되었다.
아이들은 아무렇지 않았다.
아이들은 거실 곳곳에 뿔뿔이 흩어진 채
서로 한 번 쳐다보지도 않았다.

누군가 피를 흘려도
누군가 상영회를 망쳐도
그것은 끝나지 않았다.
파수꾼들이 프로젝터 안에서 소리쳤다.
제발 나를 꺼내 주고 저 유령들을 가두어 주세요
후회 없는 날들과 돌이킬 수 없는 목소리로
이 땅에 몰아치는 정념의 과오라는
나의 조국으로 회복시켜 주세요 불안한 화가여
나는 없었다.

루블

놀라운 것들의 오후야
사람도 없이 움직이는 택시
너무 느리고
살짝 깊은
도깨비불이야

할머니가 만든 퀼트는
손색없었지만
목적도 없이
파란도 없이
사라지는 중이야

도보로 삐져나온 팔뚝이 많다
동쪽의 정의들과 물건들은
피부들 아니고
우리가 느끼는
모델의 문제

너는 내 앞을 너무 자주 지나쳐

너는 내 앞을 병치하고 있어
시간의 뒤편과
멀지 않은 과거
이 분위기는 높다

다른 한쪽 끝에서
울음을 그쳐 볼까
원하는 모퉁이에 멈춘 자칼
원하는 모퉁이를 잊은 자칼
빙글빙글 돌아 버린다

죽음은 너무
중요한 일이라며
그것을 보기 위해 들어 올리는
너의 까치발에 의해
오후가 하나씩 잘려 나간다

어느 날 할머니는 체스 속에 들어가
어떤 말을 대신하는지도 모르고

두 사람 중 누구인지도 모르고
신이 옷을 입히는 사이
얼어 버린 대나무가 되었다

나는 도시를 건너뛰어 얼음으로
단숨에 움직이는 중이야
빠른 것의 미소가
놀라운 것의 이틀을 잡아먹고
이윽고 모든 팔뚝이 떨어져 나갈 때

수천 마리의 자칼이 나타나
세계는 자칼의 화재가 된다
그것은 너에게 가서
목적도 없이
화재가 얼음과 얽힌다

너는 그것에 완전히 빠져 있구나
나는 어쩔 줄을 몰라
겨우 이 정도의 슬픔 가운데

테이블을 가져다 놓았다
나는 어쩔 줄을 몰라

기숙사

우리는 아름다운 번민의 장면들
정면 얼굴 위 처음 보는 피라미드
가혹한 낮잠 속에 존재의 집 모양
외계의 별이 조금 더 기쁜 선물이네
기억 속의 발렌타인 기억 속의 돌
기타 천재들이 천국에는 왜 가 있지
생각하다 보면 오늘을 알게 될 거야
내게 있어서 그것은 너무 멀게만 느껴져
아무렇지 않아 보여 그것은 우리의 관점 차
권태의 아무도 아닌 누군가의 피라미드
더 잦은 토네이도에서 살아남은 것들
곳간을 버려도 하나도 도움은 안 되네
산출의 실패에서 살아남은 해인은
같은 이름을 가진 해인들과 함께 살고
우리는 세계를 절망적으로 보고 있다
해인은 오늘 일을 마치고 돌아오는 길에
시간의 낭비와 남겨진 그리움을 생각하며
기숙사라는 하나의 문장을 통째로 견인해
이어질 문장들에 천천히 빛을 새겨 보네

여러 갈래의 침묵 중에 어떤 하나를 선택해
무작정 걸어가다 뒤를 돌아보게 될 때
나 이외의 해인은 도저히 발견되지 않을
일종의 정렬 상태 많은 방을 가진
주택이나 회사 오늘 밤의 기숙사와 같은
약속된 편안함을 느낄 수 있을 것만 같아
그런데 이 절망들 현혹할 수 있어
우리는 이 절망들을 내 편으로 만드네
우리는 해인은 오늘 아름다운 발렌타인

검은 옷의 혼선에 서서

바닥에는 검은색 옷들이 깔려 있었고 나는 그 위에 서 있었다. 내가 이곳에 왜 왔지

검은색 옷들은 서로를 향하여 더미를 세우려 하지 않았다. 널려 있는 것처럼 보였다.

몹시 차가운 대리석 바닥 같았지만 온도는 느껴지지 않았다. 검은 옷의 혼선에 서서

이 기억은 오래갈까 아니면 이 기억들이 검은 옷을 짤까 검은 옷은 말할까 관둘까

나는 아마 오래전부터 검은 옷 위에 서 있고 싶어 했을지도 모른다. 검고 파란 옷

검고 하얀 옷 검고 작은 옷 검은 옷을 이어 검은 구름을 만드는 옷 몸을 해체하는 옷

검은 옷이 몸의 상징을 널고 있다. 나는 상징의 전초를 배우고 있다. 나는 널려 있다.

내가 배움을 위하여 이곳에 왔다면 이 넓은 곳 검은 옷을 설치하고 간 사람은 없다.

그러나 내가 검은 옷을 되돌리기 위해 왔다면 검은 옷의 혼선을 지정하기 위해 서서

선 채로 쏠려 왔다면

유스텔의 진자에
만남을 싣는 방식을 알아
그림자들이 속삭여
오늘 처음 만난 우연들을
두 번 세 번 잇는 고압선

검은 옷의 윙크가 다가와
가려지지 않아
끈적거리는 동안
검은 옷을 가라앉히는 동안
모험과 숙연
그리고 급한 대로 자리를 잡은
무대 앞자리는 정말 좋구나

나는 어떤 이유인 거야
말하자면 검은 이유인 거야
만약 이 더위가 사실일 때
여길 지나가는 사람들이

서로 엉키지 않을 때
하룻밤 사이 고려된 불안증이
검은 옷 위에 눕는 거야

검은 옷의 증언과
검은 옷의 질서 중에 선택해 볼까
오늘 아침 새로운 목소리를 들으며
잠에서 깬 다음의 나
뭔가 말하고 싶어 생각을 꺼내는
나는 검은 옷을 밟고 있다.
혼선에 서서 배영

아직 모르는 친구들과의
검은 옷을 통한 교우가 좋아
그리고 이 유스텔을 통한
몇 번의 손잡음도 괜찮아
불이 꺼지고 처음 보는 친구들이
계속 등장한다.

　　　　　　　나는 계속 검은 옷 위에 서 있어 보려고 한다. 내가 그저 아름다운 무언가를 보려고 왔어도, 부드러운 목소리와 좀 오래된 영화 속 근사한 탁자, 또 졸음과, 한 인간의 약간 걱정되고 끝이 없는 절망도 만끽할 수 있으니까 그리고 그걸 바라보고 있는 모르는 친구들은 계속 나타나서 검은 옷 위를 가득 채우며 유행하는 춤들을 자꾸 추기도 하면서 검은 옷의 긴장과 검은 옷의 의미를 비출 것이다.

　　　　　　몸이 거의 사라질 때까지

크로나

너는 무슨 커뮤니티로부터 온 건 아닌 것 같아.
너는 갱도로부터 온 것도 아닌 것 같아.

한 개의 역설이 빛을 당기고 있을 때, 숨이 막히는 내향성들과 노래 가시면류관의 잔망을, 그리고 말의 규칙들을 배우느라 우리는 여길 떠나지 못했다.

이 도넛의 세계를 오래 지켜보며 수없이 많은 것을 알게 되어 마침내 벗어나도, 무지와 싸움의 충분한 흔적인 황금 비율의 크로나로 우리는 다시 돌아오게 되어 있었다.

두 사람이 등장하는 도서관 이야기를 들려주면 너는 계속 삼인조를 떠올렸다.
너는 그들을 꿈을 거래하는 사람들이라고 말했다.
한 사람이 창문으로 책을 던지고 다른 한 사람이 훔친 책들을 종이 상자에 쏟아 담는 장면을
함께 몸을 던진 삼인조라고 말했다.

빨리 비숍을 옮기고, 다른 비숍을 옮겨라.

해야만 하는 것은

크로나로 돌아오는 우리 자신을 말리는 일

그리고 이 유약한 관계들을 공방 속의 노정들로 질식시
키는 일이었다.

하지만 우리는 무엇이 노래 부르는지

무엇이 손 없는 연주를 계시하는지 알 수 없었다.

자주 만난

더러운

남색 개들

함께 채석장을 지나는 남색 개들과 걸음을 맞출 때

개들은 훨훨 날아가고 있었다.

너는 바자회로부터 온 것도

이름을 가진 채 온 것도 아닌 것 같아

우리가 육교를 지날 때

무언극이 펼쳐지는 도로 위
어떤 사람은 없는 사람처럼 보여.

어떻게 말을 꺼내야 할까.
해야만 하는 말은
우리가 뿔뿔이 흩어지고 말 거라는 비밀인데.

빗속이었다.
파란 몸이었다.
우리는 허공의 책들이었다. 도넛을 씹었다.

나의 첫 크로나는 소형 이젤이었어. 모든 첫 크로나들처럼 그것은 끝내 도망가 버렸어. 그것은 인적 속으로 몸을 숨긴 다음 다시 무형의 소형 이젤이 되어서 어떤 상점 앞의 점거를 지속할 거였어.

나는 우리가 처한 두부 같은 세계를 영원히 묘사할 수도 있어. 우리가 만난 거짓과 같은 도움을 기억하는 방식으로, 그러나 우리가 만난 모든 사람들은 왜 이 거리와의 조용한 대화를

멈추지 않는지, 왜 우리는 거리에 떨어져 있는 오렌지들을 미
완의 눈빛으로 베어 버리고 있는 건지, 그래서 거리는 무엇을
완성하려는지, 그런 건 알 수 없을 것 같아

크로나를 떠나는 걸음은 풀 위를 걷는 것과 같았다.
조금만 더 걸으면 풀 위라는 생각은 나를 지금 당장 풀
위에서 걷게 했다.

그러나 돌아온 나는 이제 이렇게 고백하고 있다.

걷은 팔뚝을 드릴게요.
포옹합시다.
면사포 속에서는 틀린 노래를 고쳐 부를게요.
~~부랑자들아 이제 존재하지 않는다는 것과~~
~~우리가 해 왔던 크로나에서의 사랑이, 크로나를 위한 일~~
~~이 아니었다는 사실은~~
~~결국 우리를 이별하게 한다.~~
~~우리는 크로나를 또 틀린다.~~

스키를 타는 것

얼마나 더 스키를 주장해야
스키에 올라?

스키의 전복을 위해서만 스키를 말한다면
스키는 약속의 차원에 오지 않겠다

분명 이 겨울에는 많은 눈이 내려서
많은 사람들이 죽을 거고

죽은 사람들이 다시 눈을 몰고 와서
다시 스키에 오를 텐데

말한다는 것으로 스키에 오를 수 없다면
죽음이 사라지니 싫겠다

네가 "나는 미쳤어."라고 말하며 주저할 때
이미 지나간 순간이

미완의 궁지처럼

나를 떨게 하기도 했는데

눈 속의 정령들이 기다리잖아
우리는 모자를 쓰고 떠나야 해

총체적인 지형학들에게서 멀어지면
두렵지만

다 버리고서라도 남기고 싶은
하나의 환상이 스키인 것처럼

가야 해 나체를 선택하거나
도시를 정해서

여기는 스키와의 교감에 대한
반추로서의 높은 지대고

처음 우리를 돌아보게 만든
어떤 달콤함은 이제 찢는다

유지해 볼까
그림자를 회전시키며

주어진 한 발로
흩어진 두 발로

겉돌 뿐인 태양에 관한
패스티시인 걸음들

구석진 장소에서부터
극단적으로 멀리 와 버린 식탁으로서

망치로서
걸어가는 사람들

그리고 준비된 하나의 약속은
파란 지하 속에서

스키를 타는 것으로
생각나는 것을 말해 버리며

식어 가는 수프가 되는 것
스키를 잊는 것

수조를 보는 것

세상이 아무리 변한다 해도
나는 당신을 외면하지 않을 거예요
이렇게 말했다는 걸 믿지 못하겠어
연인들이 서로를 향해서
타는 촛불 몇 자루를 감싼 밤의 성당에서
마치 작가의 소명처럼
가지런히 서로의 머리를 빗겨 주는 것

우리가 카페에서 시간을 보낼 때
나머지 모든 것이 천천히 발생하고 있었다
어떻게 표현하면
세상이 변하고 있다고 말할 수도 있겠지만
이름을 모르는 붉은 꽃의 장식을 마지막으로
해고된 여기 직원들이
모두 수조로 가고 있다
우리도 곧 살인적인 일정을 돌파할 것이다

아침엔 잘 모르는 새소리가 들려오고
내가 믿는 종교는 어디로 가는지 모른다

사람들은 기도가 끝나면 모두
여기 모여서 무얼 하려는 건지
책을 읽고 나서
각자 무겁고 녹이 슨 철제 잠옷을 꺼내어
봐 나는 꿈속에서 이만큼이나 아름다워
잠의 신화를 과장하는 거겠지만

슬프다면
너는 립 밤을 꺼낼 것이다
잃어버린 지난 시간을 잊고
주말은 혼자만의 하이킹
아무도 부르지 않고서 그렇게 혼자 계속
산을 오르다 거기 어딘가에 있는
우편함을 수시로 열고서
단지 수조 그림의 엽서 한 장을 찾아내는 것

우리는 서로가 잘 모른 채 그저 가만히 믿어 주는
작은 예술 학위들처럼 악수를 하고 있다
수조로 가기 전엔 늘 친구와 함께 있었더라도

달라질 생활들을 만약 서로의 그림자로 삼는다면
평생 동안 고의로 부러뜨린 연필심들이
어딘가에 숨어 있다 갑자기 나타나서는
마구 적색을 묘사할 것 같아
그런 풍경에선 좀 소진될 것 같아

아무도
아무도 옥상의 푸른 물탱크를 돌보지 못하겠다
모두 자기 자신의 수조로 갔으니까
우리는 동시에 이런 생각을 하고 있었다
도시는 최초의 미술관이 아닐까
절대적인 의심들의 빙고가 아닐까
사랑하는 우리의 입술로는 이해가 안 되지만……
우리는 소모를 좋아하는 끝일까

권투 선수들이 들어온다
아니 아직 들어온 건 아니야
권투 선수들이 자동문을 기다린다
그렇게 말하고선 좀 오랜 시간이 지났다

권투 선수들이 계단을 내려갔다
커피 한 잔이 그렇게 식고 있었다
나는 무언가를 쓰고
노트는 커피가 쏟아지기를 바란다

수조를 보는 것
집으로 돌아가 나를 명명하는 수조 앞에서
사실은 나의 이름을 대신하는 나를 향한 조어들이
불분명한 밤을 공습하는 실전으로써 유영하는 것
수조를 갖지 못한 연인들이
거리와 카페에서 박제되는 동안
시간을 질질 끄는 회색 꽃다발들과
나만의 성가신 수국과
물풀들로 쌓은 성을 두고
나는 가끔 자리를 비운다

자전거들은 동시에 부딪힌다
다리를 다친 사람들이 성당의 대문 앞에서 소리친다
우리는 변속을 잊었을 뿐이에요

기중기는 멈추지 않는다
사람들이 주머니에서 푸른 조약돌을 꺼내어
대문 안으로 던지고 있다
그 정도로는 아무도 아프지 않으며
성당의 물탱크는 보이지 않는다

우리가 언젠가 강의실의 맨 오른쪽 끝에 앉아서
창문을 통해 보이는 국도 위 새로운 광고판들이
일주일에 한 번 바뀌고 있음을 알아차릴 때는
무슨 복사본의 비망록을 본 것처럼
아무런 공포도 예상하지는 못했지만
세상은 변하고 있었고 그 결과
관행적인 구애들을 건너뛴
흡혈귀들이 여기서 차를 마시고 있는 것

나는 단지 빗질을 하는 것이다
수조 속에 우리의 진짜 신체가 있지만
익숙한 나를 두고 떠나기엔 너무 일러
나는 다시 한번 소명의 지연을 찾고 있다

수조를 향한 유례없는 시선과
뭉쳐진 나의 더미들이 약한 자임을 알게 되는
거창한 단어들로 주문한 것
내가 떠나도
너는 지킬 것이다
그리고 사라짐은 반짝이고 만다

창밖엔 증축의 먼지들이
적극적으로 현실을 잊을 수 있게 우리를 돕지만
우리의 기억은 한 뼘의 양식으로 만나려 한다
우리는 집으로 돌아가기 위해서 말한다
상속되는 유리 쟁반 위에
품에 안고 가져온 수십 개의 와플을 쌓을 땐
수도 없이 밤이 흐르고
우리의 조약돌 같은 멍한 눈빛들이 계속
무심하게 타오르는 선반 위 초를 바라보는 것
마침내 수조가 없어도
수조를 보는 것

크로나

축배는 왜 드는 걸까
그런 얘기 끝에 누군가 문을 두드려
조끼를 걸친 한 무리의 대학생들이 들어와
우리는 자원봉사자들이에요
한 학생이 자신들을 소개하지
넓적하고 파란 분필을 들고서
칠판에 이름을 썼다.

크로나

'까마귀 떼가 날아가네'라고 말할 수 있을까 믿음과 소
망으로 타는 불을 먹을 수 있을까
　붉은 고기를 싣고 횡단하는 붉은 열차…… 바라보는 풍
경을 먼지투성이로 만드는 교실엔
　미해결 상태의 해마들이 증식한다.
　물방울 하나에 인간의 이름 하나가 있으니
　이미 자유로운 것에는 믿음을
　나를 돕는 사람들에게는 질문을
　고통에서는 배움을

마음을 훔치는 세필 앞
탕아엔 금비녀를

이렇듯 많은 사람들이 모였네요 자 우리는 많은 식사를 준
비할 거예요 크로나로의 여정에는 많은 힘듦이 있었겠지만 우
리가 이렇게 많이 모인 것에는 이유가 있어요 우리는 많은 그
릇을 닦을 거예요 후천적인 슬픔 속에 내가 왜 껴 있나, 생각
하지 말아요. 깃발을 들어 봅시다. 두 손에는 아무것도 없지만
요 아니 두 손은 없지만요 그렇지만 이렇듯 금빛으로 반짝이는
것을 매일 바라볼 수 있게 하는 크로나를 위해서 축배를 들어
요 혼절로, 나아가 보아요

목소리들
운동장에는
사물과 같은
유언들
왼쪽 아래
가방을 놓고
기다림을

비추는

롱 쇼트의

어둠과 등

우리의

간질병들

미움으로

점철하는

햇살과

잔과

잔의

초속들이

땅거미를

긁는다.

YEON   나는 갖고 싶어. 나는 목숨과 같은 나의 크로
          나인 피쉬링으로 숨쉬고 싶어.

NOL   손가락으로 숨을 쉬겠다는 거야?

YEON   열 손가락으로.

크로나에 열병이 흐르자
벨벳으로 움직이는 체스가 유행해
책을 읽거나
조용히 걷거나
크로나를 몰래 떠나거나

노래하거나
염색체로
사랑의 용기를 얻는 사람들도 사라져
손가락이 하나도 남지 않았지만
아이스크림을 떠먹을 수 있는 사람들

자원봉사자들은 매번
왜 아이스크림을 사 오는 걸까
우리는 왜 생각하는 걸까
친구들은 왜 돌아오지 않는 것이며
나는 왜 돌아오지 않을 친구들을 기억할까

천 개의 고치가 하늘에서 떨어지면

도망가

YEON   우리는 약속을 멈출 필요가 있지 않을까?

NOL   마음을 돌이킬 수 없어도 빛나는 것을 지켜볼 수 없어도 저 멀리 높은 산 위에 누군가 살고 있다는 착각 속에서 너를 사랑할 수 없어도?

YEON   함께 노을을 본 적은 없는 거야…….

NOL   그래 우리는 만난 적 없는 거야.

Loveless

여기서 내려 주세요.
내려 달라고

에스텔은 누굴 향해 말하는 걸까.

외면은 않고
하나의 길을 걸으며

에스텔   이제 당신의 바닥과 맛을 찾아가.
세르주   에스텔, 만약에, 만약에 내가 혼자 그 땅에
            닿은 후 당신을 부른다면…….
에스텔   내려 달라고, 또 말할 걸.
세르주   에스텔…….

그러니까 누굴 향해? 경험하지 못한 오명과
팔라우 서약 스탬프들이 불에 타고 있다.
모아 온 것들의 파장이 고립을 이루고 있다.
우리는 크게 싸운 후 하는 일이 달라져 가는
변화로 토할 지경 앞에

여기서 당신은 하나의 메시지를 보낼 거예요.
우린 그 메시지를 클로즈업하지 않을 거고
당신은 대사 없이 모두를 이해시켜야 해요.
아셨죠?

우리?

밀렵 속에서 위장병이 와요.

소녀라는 취미를 끝까지 목에 걸고 있어 줘요.
이걸 다 유령 이야기라고 생각해요.
진실이 없고 그저 변방의 유령들이 미래를 달리는 거라고
나는 당신이 현실에서 빠져나오기를 원해요.
나는 변칙적인 당신의 룸메이트예요.
우리는 다 자란 후 사랑의 상품들을 어떻게
더 근사하게 만들어 볼지 고민할 거고
그런 후에는 추어탕 같은 걸 먹으러 가서
어정쩡한 표정을 짓고 있다가

서로 웃으며 마주 볼 거 같아요.

가짜, 가짜로 말해요. 더 근사하게

그래서, 에스텔은 누굴 향해 손가락 하트를 보내는 걸
까요?
저 벽에 갇혀서
저렇게 오랫동안

에스텔은 결국 물건으로 남기를 원했다는 것을 알 수
있다.

어떤 곳에 고독하게 앉아서
역할을 가진 비화로
다가서기보다는 물러나는 것

펑펑 울며 끝까지 함께 가는 대신에 내려 달라고 했다.

택시가 앞으로 달리고 있다.

한 대의 택시는 마침내 세 대의 택시라고 할 수 있다.

세르주   비참하기 짝이 없지만 남겨졌다는 걸 믿을
         수는 없어요.
럼   당신도 내릴 거요?
세르주   내가 가지 않는다면 그곳에는 아무도 가지
         않을 것 같아요.
럼   당신도 내리겠군.

자, 이제 우리는 눈을 바라볼 거예요.
컷 소리와 함께 다시 눈을 감아요.
그리고 다시 눈을 뜬 채 서로를 원하는 듯
바라보다가, 그 다음부턴 자유롭게
각자 원하는 곳을 응시하는 겁니다.
그렇지만 같은 방향은 안 돼요.
같은 방향을 쳐다본다면……
끝장이에요.

나는 이 장면을 위해 수년 간 지하에서 골몰했습니다.

합정역 지하 방을 잊는 사람은 아무도 없더군요.

나도 그랬어요.

우리는 말이 통하지는 않았지만 결국 선택했잖아요.

우리는 책임을 져 볼까 해요.

그래서 내가 먼저 눈을 감습니다.

럼의 기억 회로에 대해서 이해하고자 한다면

　시체를 부둥켜안고 눈물 흘릴 사람을 사랑하지 못하게

될 것이다.

　밀라…… 우리의 뜨거운 사랑

　이 세계에 한 번도 도착하지 못해서

　영원히 연민 속의 간격이기만 한 밀라……

이제 구경거리에 가담해 보려 해요.

나는 시가전 속의 치커리가 되어 보려고 해요.

결국 나도 먹고 마시는 것의 조롱인 어른이 될 거 같아요.

하지만 함께라면, 보고 싶어도 두려움 때문에

내일을 걱정하게 되진 않을 거 같아요.

혼자가 아니었어도 달라질 건 없었을 거예요. 그리고
혼자여도 현관 앞 잠깐의 번갯불인 당신을
막을 수는 없었을 거예요.

(대본을 거꾸로 들고 읽으면 어떡하자는 거지?)
(나는 망해 버리겠군.)

밀라　　헛, 내게 귀 기울여 줘.
에스텔　꽃바구니를 셀로판지에 담아 오다니, 너의
　　　　마음이니?
밀라　　나의 침묵이야.

에스텔은 어디를 향해 걷는 걸까?

사이로, 사이로
가문을 상징하는 분홍의 새처럼

택시에 자신의 정든 갤럭시를 놓고 내려서
조금은 울적해져 버린 에스텔

'하필 이런 중요한 때에.'

감기에 걸리겠군.
감기 따위

무엇을 말하기 위해서는 이렇게나 많은 사람이 필요하
다는 걸 알 수 있다.

더 마음먹은 대로, 사랑 없이

크로나

비행사들이 비행 옷을 입고
미뤄 놓았던 숙제를 끝내려는
마음과 공중에선

비 말곤 아무것도 없대

누구에게나 어릴 적 기억 속엔 작은 언덕이 있대 그래서
우리는 모두 같은 풍경 아래에서 자라 온 거래 모든 어린
나무들은 평행 우주의 증거래

도면을 구해다 준다면
수면 총으론
머리 대신에
저 헬기를 쏴 버릴래

붉은 밤의
키티 인형들이
크로나를 잊을 수 있도록

상처 밖의 피가
사방으로 우리를 만나

도시는 소음으로 가득하고
때때로 무섭지만

숲속에선
예지 말고는 아무런 위험도 없대

그런 생각 해 봤어?
　자신의 의지로 아름다움을 허용하는 것들이 언젠가 크
로나의 임계점 앞에서 소멸한다는 거
　거짓말, 거짓말
　우리가 '희극'이라고 써진 간판 아래서 수줍게
　두 개의 표를 들고 투명한 문 앞을 서성일 때
　고작 할 수 있는 거짓말, 거짓말
　오늘 너의 크로나인 하얀 샌들이 좋아
　오늘 나의 불길인 검은 모자가 좋아
　나는 무릎을 다친 것뿐

반보의 비약이자 나의 크로나인 나의 종이들은 늘 틀린 것만을 말해 내 방의 시끄러운 음악을 빛이라 말하고 그런 착각을 다시 또 기억하고. 느낌이 좋은 작은 인형들을 선물로 가져왔어, 볼래?

그러나 너는 없고

무릎을 다친 것뿐

전쟁 상황을 묘사하는 오브제들 잠에서 깨면 벌어질 타투 같은 일들…… 경어체의 그리움, 믿으며 잠에 드는 것

분홍빛의 연기가 쏟아지고 있었다

수레엔 그림자가 잔뜩 실려 있었다

빵은 일곱 개 남았어요

점심시간에는 많이 바빴어요

오늘 저녁에 뭘 본다고 했죠?

비는 싫어하는데,

그런 생각 해 봤어요?

우리의 행복인 크로나가 끝난다면요, 우리를 살게 해 주
고 믿게 해 주고 먹을 것과 잠들 곳을 주는 크로나가 어
느 순간 갑자기 사라진다면요 우리가 너무 당연하게 해 왔
던 작은 실수들을 만약 하늘의 물체들이 반복한다면요, 우
리는 다시 나무들 사이에서 작은 집을 짓고 살게 되겠죠?
어디선가 계속 날아드는 연막탄의 광기들에 무수히 떨면
서……

이 땅의 연극을 허하라는 반항적인 천막들도 다시 볼
수는 없겠죠?

그런 게 나의 작은 기쁨이었다 해도

**우리 한 번만 창고 앞에서 만나 무엇이 진짜인지 서로 보여
줄래요?**

가산되지 않는 조합원들의 항쟁을 목격하면서도

전유에 대해서, 몰락해 볼래요?
눈빛을 잃은 수집가들처럼
타임라인
스카이라인
비접속처럼

푸른빛이 페달을

어떤 밤의 질주는 빛이 없을 때 거리 속에 갇히지만
찡그린 얼굴이 푸른빛일 때는 푸른 늑대의 몸이 되었지

그림자로 할 수 없는 것들 사이에서 그림자가 되어 버린
너의 글은 너의 표정이었지 운명을 앞두고 페달을

두 귀가 들을 수 있는 것들은 곧 퇴로였지 마음은 강이
었고
물은 잔이었고 유리는 밤이었지 거리는 질주였다

*

유리 밖으로 목요일의 눈송이가 연락되지 않는다면
이제 진짜 진흙탕 속으로 들어갈 때라고 생각해

찻잔을 채우는 태양의 시간이 흘러서
이제 너무 많은 변명 사이를 가로질러 달리지만

돌아가면 뭐든 다시 만날 수 있다는 도취의 필요에 의

해서
　오늘도 혼자인 너와 슬픔을 향해 불가피한 페달을

＊

　잠을 자는 대신에 갈색 눈을 가방 속에 넣고 있기
　닻을 넣고 있기 그런 게 흔들리는 쨍한 소리를 듣고 있기

　먼지로 사계를 만들면 나는 나를 있어도 없다고 말할 것
이다
　강물이 흐르는 곳 옆에서 불확실한 낙서로 쓰일 것이다

　겨울은 지울 거야 아주 힘들 거야 나를 망각하려 해 봐도
　나의 기원은 내가 되겠지만 텅 빈 눈동자 같은 신호가
될 거야

＊

　결국 부서져도 괜찮다고 생각할 때만 동요가 멈출 뿐이야

믿음의 조용한 대화가 은혜 속에 살게 할 뿐이야

그러나 은방울의 오류들이 모여 푸른빛으로 엮이듯이
낯선 존재로서의 속삭임이 발바닥을 자립하게 하듯이

규칙과 멈춤, 우스운 열망과 불안감, 당연한 형태로 소외
되는 것들
그리고 애써 한 줌의 기도가 된 안녕의 인사 앞에서는
다시 페달을

*

거리를 통과하고 나면 한편에 앉아 구부러짐을 실현할
수 있다
이해할 수 있을 만큼만 이해하고 혼자와 연락될 수 있다

가상의 우리에 의해서 망쳐질 수밖에 없었던 미지의 공
기를
휘젓는 표정으로 잠식하고 때때로 기쁘게 비정해질 수

도 있다

   푸른빛의 가능성이 미래를 소명하는 장난일 뿐일 때에도
마음과 기억 사이에 앉아서 의미 없이 동전을 굴릴 수
있다

*

   정렬되어 있는 소음에 목소리가 입혀지고 있는 질주
그러나 변해 가는 결의가 뭔지를 아니까 무서운 거야

   단순한 거야 본성을 던지는 동시에 본성이 필요해지는 거
몸을 그림자 속에 계속 버리고 어딘가 손끝을 대러 달려
가는 거

   내가 없는 매일 속에 내가 있다는 게 가끔 마법 같다고
생각해
   안 보이는 눈이 창밖에 계속 내리고 있을 때에도 푸른빛
은 페달을

물방울치과

여름에 물방울치과에 왔다면 당신은 겨울에도 물방울치과에 올 것이다.

예감이 스친 순간이 지나면 예감을 따라잡는 내가 계절을 스칠 것이다.

이를 뽑은 다음에는
구름이 주는 만복으로 배를 채울 것이다.
다시 그늘 속으로 깊어질 것이다.
물방울치과의 문 앞을 서성일 때에도
나는 물방울이 되지는 못할 것이다.
다시 나로 나아갈 수도 없을 것이다.
시간을 아껴 쓰고 싶은 사람들이 거리에 모여 변화를 보고 있을 때
그들에게는 얼음 무늬의 인간관계가 다시 필요해질 것이다.

어딘가 망신의 의자도 있을 것이다.
눈물로 나무를 심는
경지에 선 비둘기의 모습이 되어서

더는 검은 것으로도 암흑을 만들지 못할 때
그을린 내면을 향한 허약한 일별만으로는
매와 창공의 주간을 완성하지 못할 것이다.

겨울에 물방울치과에 왔다면 그것은 물방울치과가 오는
것이다.
밤이 드디어 차가워져 이제 편안한 곳에 가려고 편안한
곳에 앉아 있을 때에도
나의 마음이 잠자는 나의 검은 개를 향한 연주는 아닐
것이다.
잠식에 대한 망설임은 빛이 있는 거리의 대안이 되지 못
할 것이다.
생각은 사라져만 갈 것이다.
물방울치과와 손을 잡고
안개 속을 걸으며

절연을 향할 것이다.
이제는 숨어서 가는 물방울치과
숨어서 참는 물방울치과

안개 속을 나오면 안개 밖을 걷고 있다.

1227

그가 마을로 돌아왔을 때, 사람들은 절망에 빠졌다.

그는 죽은 것들을 마주하고 와서
안개의 표면을 따라 오래도록 걷는다.
여긴 우리가 밀어낸 것들의 공간이며
가장 빛나던 것으로 만든 피부의 모방
흔들리는 손은 말하듯이 움직인다.
신체들을 무수히 쌓고 쌓은 틈
배후와 배후 사이에 놓인 사건들
낙서는 생각으로 복원되지 않으며
생각은 세계로 나아가지 않는다.
갖가지 토씨가 교환되거나 무너지고
빗나가는 서리들이 안개를 앉힌다.
이후가 증식되는 만큼 이전에 가까워진다.
이렇게 어둠을 아끼듯이 걷는 것
물컹거리는 종말로 물성의 꿈을 꾸는 것
그는 다시 저 안개 속으로 들어갈 것이다.

표면을 지키듯이

숨은 길

송승언(시인)

그렇다면 책상에 관한 이야기로 먼저 시작하는 게 좋겠다.
네가 좋아하는 게 아무것도 없다면.
거짓말일 테지만. 그런 거짓말은
나도 하니까.

그런 말이 있다. "시는 쉽다." 혹은 이런 말이 있다. "시는
쉬워야 한다." 나는 기회가 있을 때 이런 말을 했다. "시는
어렵다. 그러나, 그렇기에 자유롭다."

이러한 말들은 모두 시 그 자체보다는 시 읽기와 관련된
의견들이다. 최근 한두 해 사이 나는 시의 난도에 관해, '공
개되는 시'가 있는 동안은 항구히 이어질 이 하잘것없는 주
제에 대하여 다른 측면에서 생각하게 되었다.

시는 쉽다. 읽는 편이 아니라 쓰는 편을 들자면 그렇다. 물론 꽤 많은 시인들은 동의하지 않을 것이 분명한데, 그들에게 시 쓰기는 매우 어렵고 고통스러운 작업이기 때문이다. 그러나 어쨌든 시를, 시 쓰기를 예술가 개인이 짊어진 예술적 굴레로 생각하는 관점에서 조금 벗어나 수많은 텍스트와 같이 두고 본다면 시는 분명히 쉬운 글이다. 좋은 시란 무엇인가, 좋은 평가를 받는 시인가? 좋은 평가를 받기 위해 시는 고차원의 사상을 요구하나, 또한 전혀 그러지 않는다. 시는 잊을 수 없는 이미지와 상징을 정순한 언어로 구현할 것을 요구하나, 또한 전혀 그러지 않는다. 시는 고학력과 전문성을 요구하나, 또한 전혀 그러지 않는다. 시는 사회 활동과 인맥과 발언을 요구하나, 또한 전혀 그러지 않는다. 선대와 후대 사이의 연맥과 길항을 추구하나, 또한 전혀 그러지 않는다. 어떤 평가를 받든 받지 않든, 시는 누구나 쓸 수 있는 것이며 시의 좋음은 표준화되어 있지 않다. 평가가 표준화 가능한 것으로 바뀌려고 들자마자 어떤 시는 그에 대한 경멸과 무시를 실천할 것이다. 시는 그것을 용인한다.

그러한 연유로 시는 그 자체로 충만하고, 무한한 가능성을 품고 있고, 자유롭고 심오한 동시에 어린아이 혹은 바보만이 가장 순수한 시를 구현할 수 있을 듯이 보이지만, 또한 바로 그 이유로 시는 불완전하다.

시는 그 자체로 무언가를 다 알려 주지 않는다. 어떤 시에서 한 인간의 이름과 얼굴을 지운다면 그 시는 하나의 가능성으로나 여겨질 것이며, 그 가능성에 매료된 이들은 그 지워진 이름과 얼굴을 찾으려 들 것이다. 옛 사람들이 무언가를 확인하기 위해 갈라진 두 조각의 결을 맞추려 들듯이, 시와 시인은 서로의 파편, 서로의 상징이 되어서 교차하며 이미지를 겹칠 것이다. 결국에 필명이란, 시를 벗어나자마자 참을 수 없는 농담이 되지만 시인의 입장에서 필연적인 것이다.

쉬운 시를 위하여, 시가 쓰인 책상 앞에 앉기를 권유할 수 있다. 어떤 시는 그러한 방식으로 손님 스스로가 시인의 자리에 앉아 보기를 권유하는 듯이 보인다. (제임스 테이트는 「원숭이에게 시 쓰기를 가르치는 법」이라는 시에서, 원숭이를 의자에 꽁꽁 묶어 두고 그가 펜을 쥐게 한다. 그리고 귀에 대고 속삭인다. "앉은 꼴이 신처럼 보이는구나. 뭐라도 써보는 게 어때?"*)

이제 시인의 자리에 앉은 손님은 먼저 앉은 시인이 쓴 시를 따라 써 볼 수 있다. 이를 통해 시인의 마음을 자신의 심장에 이식해 볼 수 있다. 그러는 동시에 시인이 써 둔 것들을 완전히 무시하고, 흑과 백만 구별한 채 흑의 자리

---

* James Tate, "Teaching the Ape to Write Poems", Selected Poems(Wesleyan University Press, 1991).

에 전혀 다른 말들을 쓰는 식으로 시를 망가뜨릴 수 있다. 그것마저도 싫다면 그저 백지를 앞에 두고 가만히 있을 수 있다. 손님의 요청에 의해 먼저 앉은 시인은 신체가 분해될 수 있다. 먼저 시인의 몸뚱이에서 머리를 분리시키고, 눈을 뽑은 뒤, 귀를 자르고, 코를 떼어내고, 목에서 어떤 것들이 흘러나오는지를 관찰할 수 있다. 그 흐름을 살펴 중요한 연결 지점을 탐구할 수 있다. 또는 정교한 살인 기술로 끊어져 있는 혈맥의 단면을 살피며 그 무정함을 감각해 볼 수 있다.

시 창작 과정에서 인간은 다양한 신체 부위를 활용한다. 어쩌면 머리와 눈과 손만 사용하고 있다고 생각할 수도 있겠지만, 그리고 그 생각이 맞을 수도 있겠지만, 상부에서 일하지 않는다고 판결 난 감각 기관들은 그러한 판결을 벗어나 저마다 자신들이 해야 할 일들을 하러 간다. 활자가 페이지에 흩뿌려지기 이전과 이후의 단계에서 효용에 의해 배치되거나, 각개전을 벌이는 기관들. 눈으로 본 것들이, 귀로 들은 것들이, 코로 냄새 맡은 것들이 머릿속으로 흘러들고 수면 활동 속에서 통합되어 떠돌다가, 어느 때인가 소리가 되어 입 바깥으로 흘러나오게 되는 과정. 이는 다가올 비-시간을 위한 체조에 가깝다.

발걸음 계속. 너의 산책 경로. 풀들이 웃자란. 구름과 브레인포그. 웃자란 것들이 누워 있는 무언가를 숨기고 있는. 시를 이루는 입자들이 시신경을 자극하는. 행에서 행으로 계속되는 운동. 간첩 활동. 아는 것과 본 것을 잊어버리는 망각술. 내가 속지 않으면 당신도 속일 수 없으니. 내가 속으려면 내가 안다는 사실을 잊어야 한다. 공이 날아와 머리 때린다. 체육관에 가는 도중 전쟁에 휘말린 듯이. 눈싸움을 하다가 죽어 버린 소년. (재수 없는 영화.)

인생 몇 회 차의 가능성을 품고서도 백지 앞에서 그저 손님인 우리는 투철한 신고 정신에 따라, 행과 연으로 이루어진 시의 파편들, 또는 시체 조각들의 처리 문제에 관해 궁리하게 된다. 전통적인 장의사의 입장에서 그 조각들은 우상이 될 수 있도록 한 곳으로 모이고, 봉합과 성형 과정을 통해 하나인 사물이 된다. 이 과정에서 적합한 사물이 물색될 것이며, 이 적합도는 겉면의 형태와 내면의 성질, 그것에 붙은 이름과 인지도 등에 따라 등급이 나뉘어 분류될 것이다. 이런 전통에 회의를 표하는 이들은 그것이 불쾌하거나 불가해한 (한편으로 그렇기에 때로는 귀엽고 사랑스러운) 괴물로 보일 수 있도록 재봉틀의 전기 코드를 꽂을 것이다.

그러나 또 다른 어떤 이들은 예외적이게도 처리 문제에서 손 놓을지도 모른다. 이때 이 파편들은 파편들인 채로 현장에 그대로 흩뿌려져 남게 된다. 이것이 유리라면 저마다 다른 각도로 살풍경을 담고, 다른 방향으로 빛을 반사하며 현장을 밝힐 것이다. 처리 문제를 해결하지 않은 데에 대한 추궁이 따를 예정이기에 장의사는 현장에서 사라지고 없을 것이다.

이러한 과정들은 일련의 강박증과 관련되어 있다. 파편들은 파편이 아닌 상태로부터 멀어져 있다는 생각 때문이다. 이에 혹자는 그대로 버려진 — 연을 이루는 행의 수가 강박적으로 지켜지고 있기에 오히려 불안하고 불균형해 보이는 — 보존된 현장, 이벤트의 감옥 앞에서도 의지적으로, 또한 의지와는 다르게 조각들이 저 스스로 꿈틀거리며 실체였던 하나가 되기 위해 기어가려 한다는 착각, 공상을 시도한다. 그러나 파편들이 그저 원래부터 파편들이었다면? 그러한 공상은 언어 앞에서 무릇 인간이 가지는, 어쩔 수 없는 강박의 증거가 되는 셈이다.

그리고 강단에서 내려온 교인은 다음 설교에 관해 고민하고 있다. 어떻게 더 쉽게 말하지? 이야기의 형식을 빌어야 하나? 교회 증축이 허튼 몽상에 불과하더라도, 그는 형식을 시도할 것이다. 그러길 바라지 않음에도 결국 비를 위한 토대는 또한 비의를 위한 토대가 됨을 어찌하지 못한 채, 잘 죽는 것도 지나친 욕심이었고 그저 죽기밖에 할 수 없다는 것을 인정할 때 숨은 길은 그 행로를 언뜻언뜻 보일 것이다. 거기엔 읽기로는 닿을 수 없는 묘리가 있다. 의식과 삶이 접촉하여 일순간 튀는 마찰열을 통해서만 느낄 수 있는, 혹은 그 상태를 복기하듯이 따라가야만 알 수 있을. (만약에 손님의 수중에 약이 주어진다면 이에 더 쉽게 다가갈 수도 있을 것이다.)

이야기가 시작되어야 한다는 모양이니 사랑하는 연인을 만들자. 없으면 일인다역의 실황으로 끌고 가자. 그리고 종교를 가져야 한다. 이미 종교가 있다면 개종을 고민해야 할 시점이다. 멀쩡한 세상을 이상하다고 생각하자. 그렇게 생각하면 정말로 세상은 생각보다 더 이상해 보인다. 그러니까 생각하지 않는 편이 낫지만…… 시간은 느리게 흘러가면서도 공간은 순간적으로 변화하고 있다. 우리의 신체가 이 땅 위에서 순식간에 사라지듯이. 초가 녹고 있는 밤의 성당으로, 우리의 기획이 시작되었던 카페로, 도시의 공중으로, 음악이 출렁이며 반짝이는 내 방의 어둠으로. 그 공간들에 당연하게 있는, 또는 엉뚱하게 있는 주인 잃은 사물들-유품들이 서로 포털처럼 연결되어 우리의 경험 이미지들 사이에 강력한 링크를 형성해 줄 테니까.

죽은 것들을 보고 돌아오는 길은 기묘하게 허공 같다. 그 존재가, 눈물을 통해서 세계 바깥으로 급속히 떠밀리는 것을 확인하는 과정을 통해 지금 이 순간 손님은 자신의 호흡을 느끼고, 미뢰가 예민해져 있음을 알게 되니까. 그러나 그 길에 대한 감각만큼은 세계 바깥으로 떠밀린 존재가 느낄 그것과 똑같다. 또한 자신이 그 길을 걸어 세계 바깥에 합류하게 될 것이라는 걸 제 발로 느끼기에.

길 안내 음성을 듣고 있으면 도로 위에서 우리가 나누는 이 무의미한 대화들이 다 죽음 앞에서 이루어지는 것이라는 데 생각이 (피하려 했지만) 미치고, 그렇게 생각하는 순간 이 대화들은 죽음의 편에 속해 있다는 것을 안다. 죽은 뒤에도 남아 있을 얼마 안 되는 말들을 위해서. 죽은 뒤에도 곱씹을 말들을 위해서. 죽은 자는 더 이상 살아 움직이는 입을 열지 않으므로. 이미 내뱉은 말을 통해서만 되풀이해서 말하므로. 시체의 말들. 그렇게 이 문자들은 제사다. 강을 건너기 전에 우리의 주머니에 들어가 있는 몇 안 되는 노잣돈이며, 나의 이후를 위한 정성이다.

모든 시가 언어를 통한 죽음 예비 훈련이라는 말에 동의해 달라고 말하진 않겠다. 그러나 동의 여부와는 관계없이 우리는 이 거리를 함께 통과해 나가고 있으며, 이 세계적인 여과 속에서 어떤 것들은 결국에 이해되고 무언가를 바꿔 놓게 될 것이다. 좋은 쪽으로든 나쁜 쪽으로든. 짙어질 어둠 속에서, 목소리가 점점 더 멀어지기 전에 저마다의 손에 움켜쥘 잔불 하나를 마련해 두시기를. 손님은 기도한다. (영문도 모른 채 끌려와 놓고, 어쨌든 기도하는 곳에서는 기도하는 게 예의라는 듯이.)

어쩌면 늦게 될 거야. 아니 정말, 정말 늦을 거야. 그래도 괜찮을까?

괜찮아요. 상관없어요.

상관은 없다면야⋯⋯.

먼 미래에 그는 말을 찾아간다. 이미 모든 말들이 소진된 땅 위에서. 자율적으로. 이미 모든 말들을 써 버린 세계에도 영원히 쓰이지 않는 말들이 있다는 듯이. 좋아하는 것들. 내게 익숙한 것들을 죽여 가면서. 모르는 사람처럼 행세하면 모르는 사람 같다. 얇은 힘이다. 우리는 그 힘을 나침 삼아 우리가 잘 모르는 미지의 지점까지 나아갈 수 있다. 그리고 모름은 무한한 힘이다. 그 힘의 방향이 잘못되었다는 점에서 우리는 모두 악마들이다.

지은이   임정민

1990년 부산에서 태어났다.
중앙대학교 문예창작학과를 졸업했으며, 2015년 《세계의문학》
신인상으로 등단했다.

좋아하는 것들을
죽여 가면서

1판 1쇄 찍음 2021년 9월 15일
1판 1쇄 펴냄 2021년 10월 1일

지은이 임정민
발행인 박근섭, 박상준
펴낸곳 ㈜민음사

출판등록 1966. 5.19. (제16-490호)
서울특별시 강남구 도산대로1길 62(신사동)
강남출판문화센터 5층 (06027)
대표전화 02-515-2000 / 팩시밀리 02-515-2007
www.minumsa.com

ISBN 978-89-374-0909-7 04810
    978-89-374-0802-1 (세트)

• 잘못 만들어진 책은 구입처에서 교환해 드립니다.

민음의 시
목록